シュヴァルツ・ヴァルト

萬野行子
MANNO YUKIKO

幻冬舎MC

シュヴァルツ・ヴァルト

目次

シュヴァルツ・ヴァルト

目次

プロローグ

最後の周回に入ってマシンは快調だった。本来なら自分がサポートをしなければならなかったはずのチームメイトのマシンが、ダンロップカーブでインに寄りすぎ、大きくタイムロスをした。何台ものマシンに抜き去られるのを横目で見ていた。最終周の今、四位につけている。最終周のカストロールSと呼ばれるカーブをアウトからインに入るとき三位のマシンの内側にホールができる。そこをすり抜けて前の緩やかなカーブで加速をする。膨らむのを嫌ってふかさず、かなりアウトからインに切り込むだろう二位のマシンのぎりぎり後方につける。少し手前でアウトに寄り、インに切り込み、アウトに出るタイミングをずらしてインから抜いていく。ピットカーブで二位のマシンに仕掛ける。直線をアウトぎりぎりで加速すると二位のマシンをとらえることができる。マシンが快調なときはレーサーも快調だった。

こんなときには前を走るマシンの作るわずかな隙間が手に取るように見える。アウトからイン、インからアウト、フェンスぎりぎり、ドリフトで体勢を立て直し、ダンロップカーブもインぎりぎりのコースで抜け、タイムロスに注意する。一位の後ろにぴたりとつけて、最終カーブでアウトからドラマを作る。瞬間の判断でコース取りを読んだレーサーはハンドルをアウトに切りマシンの尻を滑らせ、インから一位を抜き去り、観客席沿いの直線に入るためのカーブに差し掛かった。勝利の歓喜の中、観客席側フェンスへとマシンを走らせた。

ぎりぎりでブレーキを踏み込んだ。

ペダルは何の抵抗もなく沈み込み、フェンスに激突した。無数の破片が四方に飛び散り、シートベルトはちぎれ、レーサーは投げ出されて芝生の上に叩きつけられた。半井《なからい》麗央、二十三歳、時間が止まった。

トップアスリートを目指す妹

一週間前の昼下がり、愛莉は自分の競技会への不安から逃れるため、ただひたすら走り込みをしていた。白いランニングシューズの下で、道が後ろへ、後ろへと、送り出されていく。身体はぐいぐいと前に進んでいく。日差しに温んだ空気が甘く頬を撫でる。公園の木々が流れ去る。桜によく似た木にピンクや白の花が咲いている。地元の人が、これはアーモンドだと教えてくれた。花言葉は「希望」だという。愛莉はあらゆる考えを頭の中から閉め出していた。試合が近づくと、勝ちたいという欲が出てくる。欲が出てくると、どうしても身体が硬くなり、タイムが出ない。こんなときは自然の中を走る。何も考えずに済む。流れ去る風が、全ての雑念を拭ってくれる。

今、愛莉は泳ぐたびにタイムが上がり、ランクが上がっている。一方で、周囲の期待もいやが上にも大きくなってくる。期待されることは励みになる一方で、大きなプレッシャーにもなる。いらぬ欲が出て、思うように泳げず、周りの期待に応えられなかったらどうしようと不安になる。水泳個人メドレー世界ランキング二十七位、背泳ぎ十位の愛莉はドイツでの世界選手権に出場するためにスイスでチームと一緒に事前合宿をしていた。オリンピック出場も見えてきた。調子が良い。いわゆる「乗っている」状態だった。チーム半井を組んでもらって、他のメンバーとともにスイスにいる。あがり症の自分にとって、本番で萎縮して実力の発気できないことが気に掛かるが、メンタル面のサポートもついてくれている。練習を積み重ね、できることは全てしてきた。これ以上ないぐらいに整えてきた。それでも失敗したときのことが不安になる。本番が近づくにつれ、不安が大きくなってくる。この不安を解消するには、水から上がり、何も考えずに公園などの木々の中を走ることだ。緑の中に埋もれていると不思議と落ち着いてくる。気分が変わる。順位とかタイムとかに一喜一憂している自分が小さく見えてくる。アーモンドの他にも杉や檜、何種類もの名も知らない広葉樹の大木などの並木道である。整えられた芝生の所々にテニスコートほどの花壇がある。イワタバコの仲間だろうか、青い糸車のような花が植えられている。ピンクのかわいい花がおびただしいとげに守られているのも見える。美しく整った花時計も見かけた。道路に向かって軽く傾斜した斜面の、文字のところにはスノーフレークとムスカリが交互に植えられ今を盛りと華やかだ。その内にはパンジーの紫が映える。パンジーの外には杉のような葉の植物が高さ三十センチメートルぐらいに刈りそろえられ、斜面全体には芝生が美しい。それぞれの植物が自分という世界を懸命に生きていて、全体の調和も取れている。

「自分は自分でよいのだ。自分以上にも、以下にもなれない。自分が自分であるために泳ぐ。あくせくする必要はない」

そう思えてくる。

思い返せば、小さい頃からずっと水泳をしてきた。おそらく物心ついた頃にはもう泳いでいた。兄の麗央が水を怖がったのに比べ、愛莉は水に浸かることを最初から喜んだと聞かされている。水遊びが水泳に変化するのに、あまり時間はかからなかった。何時間でも泳いでいた。スピードも速かった。母が舌を巻くほどだったらしい。二歳ぐらいまでは十五メートルのプールだったが、すぐにもの足りなくなって、二十五メートルプールに通いだした。その頃から、うっすらと記憶にある。かけっこを始めるより早く、周りの子供たちと二十五メートルの競争をしていた。

その後、本格的にスイミングスクールに通いだした。

「まずは身体を素直に水に委ねましょう」

と言われた。両手をできるだけまっすぐに上の方に伸ばす。力を抜いて前に倒れ、そのまま水に浮く。身体がまっすぐになったと感じたところで、少しだけ、床を蹴りながら、前に倒れる。手も足も動かさず、ただひたすら、まっすぐに伸びていく。まっすぐに伸びているつもりなのに、少しでもおかしな力が入ったり、考え事をしていると、右に左に流される。邪念があるとまっすぐに進まない。泳ぐことに集中し、力を抜いて姿勢を正すと身体は自然にまっすぐ伸びていく。身体が「まっすぐ」とはどういう状態か確認したら、ビート板を持ち、足だけで、次に手だけで泳ぐ。それからやっとクロールや平泳ぎを始める。物心つく頃に始めたこの習慣は、今でもルーティン化している。泳ぎ始める前に、必ず身体の確認のため、プールを数往復する。その日のプールの状況や水の温度、堅さもこのとき分かる。練習の力加減や、自分の体調もある程度ここで分かる。

幼稚園のときだった。当時小学三年生か四年生ぐらいの男の子と二十五メートルの競争をしたが、勝負にもならない完敗を喫した。悔しくて、情けなくて、家に帰ってから、兄の麗央の胸をどんどんと叩いて泣きわめいた。麗央は叩かれるままに叩かれていた。そして、泣き疲れて寝てしまった。目が覚めたとき、麗央の膝にもたれていた。まぶたがぼってりと重たかった。麗央は慌てて、冷凍庫のアイスノンを取ってき

て、愛莉の目に当てた。冷たさが気持ち良かった。どちらからともなく
「ふふふ、ふふふ」

と笑い合った。母が部屋に入ってきた。そして、大慌てでアイスノンを取り上げた。

「目がしもやけになったらどうするの」

母は愛莉の顔を確認して、

「あら、まあ」

と、頓狂な声を上げた。

「しもやけになるようなことじゃなかったのにごめんなさいね。早く治るように一生懸命考えてくれたのね。ありがとう」

と、麗央に言った。麗央は
「この次頑張ろうね」

と言って、愛莉の頭を撫でた。麗央に「次、頑張ろう」と言われれば、本当に次は勝てそうな気がした。次の日も夢中で練習をした。

その頃から、スイミングスクールの中で数名の特別指導の選手が選ばれ、いつもその中に入っていた。コーチがつくことで水泳の姿勢を整えていった。姿勢が美しくな

ると、飛び込みやターンの後の伸びも良くなった。水の中でぐいぐいと伸びていく。タイムも伸びていく。タイムが良くなると楽しくなる。小学校の間はずっとそんな感じだった。

中学に入ると急に試合が増え、行動範囲も広くなった。スイミングスクールからは必ず誰かが引率にやってきた。小学校の頃は、父や母も来ていたが、中学生になった頃から、親がついてくるということが嫌になった。大きな試合のときにはこっそり来ていたが、小さな試合のときには試合があること自体、親に報告しなくなった。

「来てくれなくてもいい」

と言ったこともある。そのときの両親の寂しそうな顔は未だに脳裏にある。その頃だった。国内にも世界にもとんでもなく素晴らしい選手がたくさんいることに気がついた。自分はまだまだだと思い知らされた。育成選手となりナショナルトレーニングセンターでトレーニングメニューをもらうようになったのもその頃だった。いくつもの見たこともない機械にかけられ、動けと言われた通りに動き、分析が行われ、そして、改善点が指摘される。愛莉は肩関節が柔らかく可動範囲が広い。股関節がしっかりしていて、安定している。ふくらはぎの筋肉は白筋が多い構成になっていて、比較的短距離に向いている。その愛莉の特性を最大限生かすための練習メニューが組まれる。基礎体力を作り込むことから、泳ぎ方の指導まである。繰り返し繰り返し、検査をし、練習で身体に覚え込ませ、成果を見る。次の改善点を探す。首の位置、手のひらの向き、バタ足の回数、細かなところまで再三チェックが入り、修正される。ノーブレスでいられる時間が長くなり、飛び込み台からの初動の伸びが良くなった。タイムに直結した。

あるとき指の間に水かきが付いているとイメージをしてみた。野球のボールを握って足下に向かって一直線に投げるつもりで水をかいた。ボールの大きさをハンドボールにしてみた。ハンドボールの方がしっくりときた。スタートのときのバサロキックには制限があるが、ならばと、今までより手のひらの厚みほど深いところを泳いでみた。するりと身体が伸びる気がした。規定に反するときには、ビデオでその都度注意をしてくれる。試してみて、間違っていれば、見守ってくれる人がいる。安心していろいろな泳ぎ方を好きなように試せるのが面白い。

タイムが良くなっただけではない。エネルギーの使い方を考えることによって、より長時間の練習が可能になった。休憩の取り方も覚えた。プールにいるときも、ハードな練習と、ただ流して呼吸を整えるだけの、インターバルの練習の組み立て方を覚えた。目一杯筋肉を使う間に、いたわる時間を挟み込む練習の方が、闇雲にずっと頑張る練習よりも、より効果的だと思えてきた。時々、座禅を組み、瞑目し、意識を頭から胸へ、胸からチャクラへ、さらに下の方に下げていって、無になった。一日の時間の使い方、つまり、ストレッチなどに費やす時間と、基礎体力作りのための時間、プールの時間と学校の勉強時間の配分についても、愛莉が学齢期であることを考慮した時間割の指導があった。水泳から全く頭の中を切り離してリフレッシュする時間を持つことの重要性についても学んだ。無駄なエネルギーと時間の使い方をしなくなった。食事の指導もあった。筋肉を養う食品、骨を育てる食品、基礎代謝を上げる食品などの教育も受けた。限られた食事量、限られたカロリーの中で、どの時間帯にはどういう栄養素をどういった組み立てで食べれば、栄養の利用率が上がり、効果が高くなるかについて学び、次第に納得していった。好き嫌いがあった自分を反省した。指導を受けたことを、自分の頭でもう一度考え、知識を消化し、自分の血肉としていくことも学んだ。

夏休み期間中、ずっとトレーニングセンターに詰めていた。タイムはぐっと伸びた。意識も変わった。年上の人たちの泳ぎを見たが、とんでもなく早くて、比較にならなかった。やる気に火がついた。両親の元を離れる決心をした。ナショナルトレーニングセンター近くの中学に転校をした。

「私はもう大人。子供じゃない。早く親元を離れたい。立派に一人でやっていける」

そう言い続けていたが、いざ転校をして、一人になると、

「お母さん、お母さん」

と、毎日泣き、母に電話をしていた。母の声を聞くと、なぜか

「大丈夫。元気。寂しくなんかないよ」

と答えていた。中学生は、センターに泊まり込みで、朝から晩まで水泳ばかりをするというわけにはいかなかった。それでも、タイムはぐんぐんと縮まり、ジュニアの世界大会の常連になるのに時間はかからなかった。

ここに集っている中学生の間では、「スラムダンク」が流行っていた。皆で漫画を回し読みしているうちに、いつの間にか友達もできてきた。漫画を通じて、異なる競技の人たちとも共通の話題を持つことができた。人との付き合いの幅が広がった。中

にジブリのアニメが好きな人がいて、一緒にビデオなど見ていると楽しく、いつの間にかリフレッシュしている自分に気づいた。スイッチの切り替えが上手になった。

あるとき、シニアの方に出てみないかと言われた。シニアになるとメダルコレクターと呼ばれる人たちが何人かいて、なかなか順位は上がらなかった。しかし、新たな目標ができて嬉しかった。シニアの選手たちの動きをよく観察すると、バックストローク時の足の角度が自分と異なっていることに気がついた。彼らはつま先まで神経が行き届いている。美しい。真似をしてみたくなった。他の泳法のときにもつま先までの水の流れをイメージして泳ぐよう心がけた。タイムに直結はしなかったが、水が味方になってくれたと思えた。

一方で、世界大会に出始めた頃から、食事やサプリメントの話が頻繁に出るようになった。筋肉を作るには牛肉だと言われ、次の日には、余分なカロリーをとらないために鶏肉を食べようと言われた。冷えが女性にとっては敵なので、根菜類をたくさん食べた方がよいとも教えられた。プロテインやサプリメントも、あれがいい、これがいいと、日替わりで噂が出てくる。その一方で良いといわれているサプリメントには、時々変な物が混ざっているという噂も出ている。一部のサプリメントには人知れずタンパク同化ホルモンが混ざっている。混ぜておいた方が、効果の高いサプリメントとして売り上げが伸びるらしい。ライバルを蹴落とすために、ドーピング禁止物質が含まれたサプリメントを勧める輩がいるのではないかという話も出ている。カヌーの選手がライバルをドーピング違反による資格停止処分に追い込むために、禁止物質を飲み物に混入したという話が聞こえてきた。

あるとき、電話口で咳をした娘を心配した母から、風邪薬やら咳止め、解熱剤などが、山のような食料品とともに送られてきた。

「食料品はありがたいけれど、風邪薬の方は使えないの」

母に荷物の受け取り報告がてら、そう言った。

「どうして?」

「ドーピングって言葉は聞いているでしょう」

「それぐらいは知っているわよ。ベン・ジョンソンでしょ」

それがどうしたのかという母の声だった。

「それよりずっと以前のローマオリンピックでドーピングによる死亡事故が起き、その後、サッカーや自転車競技でも相次いで死亡事故が起きたので、一九六四年の東京オリンピックのときに初めてドーピング違反という言葉が公式の議題に上り、次のグルノーブル冬季オリンピックとメキシコオリンピックから違反が取り締まられるようになったのよ」

「ふーん。オリンピックに行く人の話でしょ」

「違うわよ。国体だってそう。違反を問われる薬も行為も毎年変わっているし、検査が行われる競技会だって少しずつ広がりを見せているの。スポーツの公平性のためだったり、死亡事故のようなものから選手を守るためだったりするから、検査対象にならないところでも基本的にはダメなのよ」

「お父さんだってゴルフをするけれど、普通に血圧の薬を飲んでいるわ」

「お父さんのゴルフと私の水泳を一緒にしないで。風邪薬の中にも咳止めやら気管支拡張剤やら、いろいろな種類の薬に違反物質が入っているから、何でも飲むというわけにはいかないの」

「そんな不自由な！　肺炎にでもなったらどうするの？　ちゃんと飲んでおきなさい」

母の心配は痛いほど分かる。しかし、相談をする人がそばにいるから安心するようにと話した。

「今はね、私はただドーピング違反になることをしないようにということだけに気をつけていたらいいけれど、もう少しランキング順位が上がれば、検査対象者登録リストに登録されて、検査対象登録アスリートはＲＴＰＡと呼ばれ、二十四時間、三百六十五日、日本アンチ・ドーピング機構、通称ＪＡＤＡに居場所を登録しなければいけないのよ。アスリートは皆、ドーピング違反をしてはいけないのだけれど、特にトップアスリートは競技会外でも常に検査対象になっているの。ＤＣＯと呼ばれるドーピングコントロールオフィサーがそこにいるかどうか確認に来て、競技会外検査が行われるの。競技会以外の時間でも隠れて違反行為をしていませんという意味ね。私もあとちょっとでそういう立場になるの。力が付けばという話だけれど。不自由ではあるけど、トップアスリートの証だから、そう呼ばれることは一つの憧れよね」

「不自由になることが憧れねぇ」

愛莉には母がちゃんと理解したとは思えなかった。

「外国での競技会にもＩＴＡという国際検査機関から、ＩＤＣＯと呼ばれる人たちが派遣されてくるのよ。国内の大会でももちろんだけど、世界選手権のような大きな大会では、公平公正な競技会であることが必須でしょ。だからそのために、不正は事前に防がなければいけないの。競技会時にはもちろん違反があってはいけないので検査が行われるけれど、それ以外のときにも違反はしてはいけないの。でも、皆を検査するわけにはいかないから、ごく一部のトップ選手だけを検査することになるわけ。競技会外でも検査は行われているということになれば、対象になる人以外に対しても抑止力になるでしょう？　もっとも、薬に頼ってまで強くなりたいなんて悲しいことを考える人がいないことの方が理想だとは思うけれど。それでドーピングに関することだけでも、たくさんの人が、様々な分野でそれぞれ働いているわけ。しかも、その多くがボランティアでね」

少しは母が理解してくれたかと思った。しかし、

「奇特な人がいるのね」

と、とんちんかんな反応しか返ってこなかった。愛莉はもう風邪薬は送ってくれなくてもいいからと母に話して、話を切り上げた。

それからしばらくして、

「競技会外検査の対象となるＲＴＰＡになった」

と母に報告した。

「よかったわね。それだけ認められたということでしょ。でも面倒くさいでしょ。競技会なんて勝てば決勝まで残るし、負けたらすぐ帰ってくるし、予定が立たないのに、どうやって登録するのよ。変なことを選手に要求するのね」

やっぱり母は分かっていなかったと思った。

「スマホです。インターネットです。アンチ・ドーピング活動に関わる情報を総合的に管理するwｅｂ上のシステムのＡＤＡＭＳというスマホのアプリです。変更になるたび、クリック一つです。お母さん、ＬＩＮＥをしているでしょ。パソコンやスマホのメールもしているでしょ。同じよ」

兄の事故死への疑問

一年余り前、二歳年上の兄、麗央がドイツのＦ１に出場すると連絡してきた。麗央は妹と違い、小さいときは水を怖がっていて、未だに水泳は得意ではない。その代わり、自分の名前を漢字で書けるようになるより早く、カートの操縦を覚えたようだ。もちろん自転車も、モーターバイクも乗りものと名のつく物は全て大好きだった。小学校に入った頃には、自転車でぴょんぴょん跳びながら、道ではないところをまるでロッククライミングでもするように登っていた。回り道をすればきちんとした道があるのに、そちらを通らないで、ぴょんぴょんと跳びはねながら、崖登りをする。

愛莉がまだ物心つくかどうかという頃だった。麗央はいつものように近所の崖を自転車で登り、そして滑り降りるような遊びをしていたらしい。そして、高いところから転がり落ちて、病院に担ぎ込まれた。母は愛莉を車に乗せて病院に駆けつけ、父も仕事先から飛んでいった。体中を確認して、医師からの

「念のため、今晩一晩泊まっていって下さい」

という声を聞いて両親はやっと安心したようだった。

「自転車は道路のあるところを走るものです。崖を転がり落ちようなんて言語道断。全く。危ないでしょ」

と医師は大きな雷を落とした。その後、両親も麗央も「あのときは……」と話していた。親がハラハラするようなことばかりする子供時代だった。小さな頃から休みのたびにモトクロス場やカート場に通い詰めていた。自動車の免許がないので公道は走れないけれど、カート場などでは車を自分の手足のように動かしていた。

小さい頃から、麗央と愛莉は全く異なる世界に生きていた。水が苦手な兄と大好きな妹。メカニックが大好きで、乗り物が大好きな兄と、乗り物は手段にすぎない妹。音楽が得意でリズム感のある兄。植物が好きで、花の名前に詳しい妹。両親からは
「よくもこれだけ違う兄妹ができたこと」

と呆れられていた。

「本当に、同じ親から生まれてきたのかしら」

とも言われた。

人参の嫌いな麗央が食べ残しをして叱られそうになると、人参の大好きな愛莉が
「もらってもいい？」

と食べてしまって、母は叱る機会を失っていた。魚の苦手な愛莉が手を出せずにいると、麗央が一口に毟《むし》って口に入れてやった。愛莉の算数の宿題は麗央が面倒を見ていた。夏休みの植物採集は愛莉が二人分まとめてしていた。小さい頃は、似ていない兄妹というより、補完し合う兄妹だった。愛莉が水泳の強化選手になってからは、殆ど直接会うことができない二人だったが、電話やメールで、子供の頃のままの関係が続いている。

麗央がF3の資格を取り、レーサーになると言いだしても、誰も驚かなかった。乱暴な言い方をすれば、F3は野球でいうなら三軍、一番裾野に当たる。F1に出るには今からいくつもの試験があり、腕を磨かなければならない。そしてやっと一年余り前にF1の資格を取り、イタリアのチームに所属することができた。

イタリアのチームに入れたからといって、すぐに花形選手になれるものではない。人数制限のあるレーサーの一人になれたというにすぎない。F1は決勝の前日に予選が行われる。予選で決勝のグリッド位置が決まる。チームのトップ選手が良い位置を確保するための後押しをするのが、当面の麗央の役目である。ただ、途中で何かがあればそのときは臨機応変に対応することも求められる。チームが決勝を有利に運ぶためには、自分自身も予選を勝ち抜かなければならない。予選を通過できるかどうかは分からないが、とにかく一つ階段を上った気分だという。他のレーサーに比べて、年齢も若く、背も低く、童顔で明るい性格の麗央は、レースのとき以外でも仲間やライバルたちに人気だったようだ。

レース場にはレーサーやスタッフしか入れないパドックと呼ばれるところがある。劇場などの控え室に当たるところだ。ここには名のあるレーサーや各チームのオーナー、開発技術者などが、ごく普通に歩いている。お茶を飲んだり軽食をとったりでき、時間待ちやテンションを上げるため、気分を整えるために使える。麗央はここで柵にもたれたり、椅子に腰掛けたりしながら、自分のチームや他のチームの人たちと写真撮影をし、よくメールで送ってきた。愛莉でも名前を知っているようなトップレーサーとピースサインでミーハーな写真を送ってきたこともある。彼らと子供のように上気した笑顔で談笑している写真もあった。自分のチームのメカニックの人だろうか、スーツ姿の人やコックピットに入るときのような服を着た人、ジーンズを着た人などが入り交じった写真もあった。それらの中に青地に白でチーム名やスポンサーのロゴが入ったウエアを着て、同じ服を着た別のレーサーと一緒にお茶を飲んでいる写真があった。最近は、パドックではなく、明らかに住宅の中と思われる場所で、男どうし二人で写った写真が送られてきた。誰だかは知らないが家に招待されるほど、親しい人もできたのだと頼もしく思えた。

「よし、よし」

という感じで周りの選手から頭を撫でられたり、ハグされている写真が多い。皆にかわいがられているから、破格の抜擢がされるということはないと思うが、取り立ててもらっていることには間違いないだろう。

ドイツにあるサーキット場でレースが行われると麗央から連絡が入った。

「ちょうどさぁ、愛莉の試合が終わった次の日に予選があるんだ。予選を通過できれば本戦に出られる。本戦に出られるかどうかは分からないが、取りあえず、併設のホテルを押さえてあるから、こっちに来て」

と言う。

「母さんが愛莉はRTPAになってから、食べ物や薬にナーバスになりすぎているって心配してたぞ」

「だって、うっかりドーピングだとしても、私がミスをすると迷惑を掛ける人が大勢いるから、慎重になるわよ。それにしても毎年、違反物質が増えていく」

「仕方ないさ。ガトリンなんて、懲りずに二回も違反をしているし、国ぐるみの違反が噂されているところもあるし。いたちごっこだね」

「何でドーピングなんてするのかしら」

「そりゃ、金メダル一個取れば一生の生活が保障されるということになれば、リスクを冒す人も現れるだろう。僕だって、食べ物も薬やサプリメントも注意している。ただ、母さんにこんな話をしてもねぇ」

「んー、理解して欲しいけど……」

「まぁ、レースの後で、食事でもしながら話を聞くよ」

愛莉は自分の試合の翌々日、サーキット場まで兄の晴れ舞台を見に行った。サーキット場へ行き、麗央に案内されてパドックに入った。そこは五十メートルプールで生きている愛莉にとって、全く別の世界だった。パドックだけでもプールが入ってしまう広さだ。しかも、一般的な公式プールの観客席の向こうは壁、どこへ行っても閉じられた空間なのに、ここには壁がない。開放的である。観客席の建物から覗く空は少し重たい青色をして、冷気とともに冬のかけらが去りがたく、ここに留まっている。それでもここに集まる人の熱気とオイルの匂いが、愛莉の気分を高揚させる。

椅子に腰掛け、リンゴジュースを注文した。麗央は
「今からとんでもないG重力を生身の身体で受けるのだから」

と、水で口を湿らせただけだった。

「ここの併設のホテルに部屋を取っているから、レースの後で食事をしよう」

と、麗央が言った。

「もっとも、初めて泊まったホテルなので、どこの何が美味しいかは分からない。噂だけを頼りに予約をしている」

麗央から観客席のチケットを受け取り、一日分の着替えだけの小さな荷物をロッカーにしまって、階段を上った。観客席からは山々の稜線が間近に見える。まだ芽吹きの季節を迎えていないのか、山肌の緑は深く暗い。なぜドイツの森がシュヴァルツ・ヴァルトと呼ばれるのか、不意に納得した。黒くて暗い。針葉樹のどしんと重くて沈んだ緑が、山間を流れる風に揺れている。幾重にもねじれた木々が人間を拒んでいる。コースの一番遠い奥の方は山が少し霞んでいる。西の空にひとかたまりの黒い雲が見えた。レース場も愛莉の生きているフィールドとは全く異なっていた。そもそも、レースをしているところ全てが見えるわけではない。コースの大半は見えない。スクリーンに映し出されるのを見るしかない。サッカーや野球なら、視線を動かすだけで全体が見えるのだが、ここではスクリーンが頼りだ。

麗央のチームは皆良いグリッド位置につけていた。マシンに乗り込み、全車一斉に走りだした。誘導車とともに一周するフォーメーションラップの後、愛莉のいる観客席の前で、一斉にエンジンを全開にし、爆音を立て、ロケットのように飛び出した。抜きつ抜かれつしながらも順調なレースだった。何回もレーシングカーが飛ぶように、観客席の間を通り過ぎていく。麗央の車がコックピットに入っていった。他の車に目を向けようとすると、すぐにコックピットから出てきた。神業のようなタイヤ交換だった。他の車も次々にタイヤ交換をするが、どれも皆、瞬きしているうちに終わってしまう。愛莉はただただ感心しながら見ていた。

最終周になって悲劇が起こった。麗央の車がフェンスに激突し、大破した。砕け散った破片がスローモーションで四方に飛び散った。そして愛莉はたった一人の兄を失った。

事故の当日、日本にいる両親に代わって、麗央を連れて帰るための全ての手続きを一人で進めた。両親は一日遅れて愛莉に合流した。親の顔を見たら、それまでこらえていたものがあふれ出してきた。しかし、両親は海外経験が少なくただおろおろとしている。両親が到着してからも走り回っていた。母は崩れ落ちるように座り込んだまま動けず、誰かが常に肩を支えていなければならなかった。父はなんとか実務的なことを進めようとするものの、慣れない土地での慣れない仕事がはかどるはずもなく、領事館員のサポートが頼りだった。レーシングチームやレース場からの弔問にも誰かがいなければならなかった。スイスの合宿所から駆けつけてきた仲間たちにずいぶん助けられた。スポーツ新聞やＦ１専門の雑誌の記者が駆けつけてきたが、トレーナーがある程度さばいてくれたので、囲み取材は二回で収まった。

事故である以上、司法解剖が行われる。その承諾書も書かなければならない。解剖が終わって遺体が返還されるまでの二日間、殆ど腰掛ける時間もないぐらいに忙しかった。多くの人に支えられたとはいえ、何をしていたのか覚えていない。トレーナーが駆けつけ、サポートしてくれたが、記憶が曖昧だ。さらに、麗央を日本に連れて帰るには飛行機に乗せなければならないが、大量のドライアイスの手配や検疫など、その手続きは思った以上に大変だった。生きている人が飛行機に乗るのであれば、何ということのない手続きが、亡くなっている人の場合、一つひとつとても大変だった。ただ右往左往していた。何とか手続きを済ませ、飛行機に乗り込んだときには疲れと寝不足から泥のように眠った。全ての感情をなくしていた。関西国際空港の上空に来たとき、なぜか泣きたいわけでもないのに、涙がにじみ出た。

紀伊水道の波打つ海に波頭の一つひとつがくっきりと見える頃になって、ふと何か忘れ物をしているような気持ちになった。しかし、それが何なのか思い出せない。事故以降の場面は、何か磨りガラス越しにテレビを見ているような、全てが自分とは違う世界の実態のないものでもあるような感覚がしていた。滑走路に車輪が下りたとき、その思いも忘れ、ただ早く家に帰り着きたいと、それだけになった。到着ロビーに出たとき、大勢の人が集まっていた。「放っておいて欲しいのに」「声を掛けないで」と思っているのに、腕をつかまれ、マイクを突きつけられた。「日を改めて」とだけ言って、両親とタクシーに乗り込んだ。

やっと家にたどり着いたとき、チーム半井のメンバーから電話が入った。

「ご愁傷様でした。大変だったわね。お父さんもお母さんも、愛莉がいるから助かっているわね。救われていると思う」

「ご心配おかけしました」

「多分、愛莉を頼りにしていると思うから、しっかりとね」

愛莉は優しいねぎらいの言葉を聞いて、それまで抑えていた涙があふれ出た。張り詰めていたものが一気に崩れてしまった。愛莉が泣きやむのを待って、話は続いた。

「ところで、ＡＤＡＭＳに予定の変更があったときには居場所情報の変更を入力しなければいけないことを覚えていた？」

「はっ？」

不意を突かれた。頭の中に全くなかった話が出てきた。

「やっぱり。愛莉はＲＴＰＡでしょ。世界中どこにいても、二十四時間、三百六十五日、自分の居場所をＡＤＡＭＳに情報提供する必要があるでしょ。変更があるときには、居場所情報の変更について、必ず情報管理システムのＡＤＡＭＳに入力しておかなくちゃ。泊まるところ、練習するところ、試合があるところ。本来なら、今はまだスイスにいるはずでしょ。合宿継続中のはずよね。登録上はそうなっているはずよね。でも、実際には日本にいるのだから、ＷｅｂシステムのＡＤＡＭＳを使って、居場所が変わりましたって、更新しなくちゃ」

言われればそうだったと、思い出してきた。

「忘れていたわ」

「意地悪な話し方してごめん。ご心配なく。鈴木トレーナーが愛莉に話を聞きながら、チケット等を確認して、変更の手続きをしてあるから。ちゃんと更新済ませたよって話したけれど、愛莉の耳には入っていないと思うって言っていた」

空港に着いたときの何か忘れ物をしているような気持ちの正体はこれだったと合点

して、礼を言った。

兄が、目の前であのようなショッキングな亡くなり方をして、自分の名前さえとっさに言えないような状態だった。言葉もうまく出てこなくなっていた。初めてのことで、解剖や飛行機の手続きなども、全く分からず、ただ、オロオロしていた。涙を流すことすら忘れていた。そんなときでも、外から見れば自分はトップアスリートであり、ＲＴＰＡなのだ。二十四時間、三百六十五日、居場所情報を提供しなければならない。世界ランキングの上位の選手たちはＲＴＰＡと呼ばれ、常に自分の居場所の詳細をＡＤＡＭＳに情報提供しておかなければならない。アスリートが確実に検査を受けられる六十分枠を指定しなければならない。変更があればその都度届け出をＡＤＡＭＳから行わなければならない。今の自分はそういう立場にある。一般にＩＤＣＯと呼ばれている国際検査員が来たときに確実に対応しなければならない。そのために自分の居場所を情報提供しておかなければならない。もし、それを怠り、ＤＣＯやＩＤＣＯが接触できなかった場合、アンチ・ドーピング規則違反に問われ、アスリートとして資格停止処分になることもある。停止期間は長い。現に、二〇一九年、居場所情報の不備から三回立て続けに検査未了になって十八ヶ月間の出場資格停止処分になった百メートル走の選手がいた。後になって思い返せば、確かに急に麗央のレースを見に行くことになったときも、ADAMSから変更届をした。今までは、常にしていることだった。一度も忘れたことはなかった。

それが、麗央の事故を見た途端に頭が空っぽになってしまった。居場所変更手続きのことも、情報管理システム、ADAMSや世界アンチ・ドーピング機構、WADAのことも頭の中にはなかった。水泳のことさえ抜け落ちてしまっていた。ただ、妹として兄を日本に連れて帰らねばならない。両親がドイツに到着するまでは、自分の悲しみに浸る暇はない。自分一人で全てを執り行わなければいけない。頭の中はそれでいっぱいだった。両親が合流してからも、ただただ忙しかった。愛莉には、気遣ってくれる仲間のいることがありがたかった。

一度、麗央を自宅に連れ帰った。棺を安置しその顔を見たら、また涙が溢れてきた。緊張の糸がプツンと切れてしまった。母は全身の力が抜けてしまったかのように立つこともできず、ただ、麗央の顔を撫でている。父は小刻みに肩をふるわせている。一回りも二回りも小さく見えた。事故の発生から棺が帰ってくるまでの間に、一体何回

「何で？　何で？」

と繰り返し泣いたのだろう。玄関脇には蘇芳《すおう》の花がすがりを迎え、庭の奥ではサクランボの花が咲いている。麗央はこの花を毎年楽しみにしていた。せめて一枝枕元に置いてあげたいと思った。

それとは別に、愛莉には、何か合点のいかないものがのどの奥に引っ掛かっていた。引っ掛かりの正体ははっきりとは見えない。しかし何か魚の骨のようなものが、喉の奥に引っ掛かって、すっきりしない。子供の頃からカートに慣れ親しんできた麗央が果たしてあんなところでハンドル操作を間違えるだろうか？　ブレーキを踏み間違えるだろうか？　その直前に厳しいヘアピンカーブが連続した後の、緩やかなカーブ、幅員や縁石を利用すればほぼ直線で走り抜けることが可能な、ついついスピードが出すぎる場所をすぎたところだ。その直後にヘアピンカーブがある。スピードを出しすぎ、突っ込みすぎると膨らむ。何周か走っていれば、抑えて走らなければならないところだと分かっていたはずだ。しかも、コースの中にはあそこより厳しいカーブが何箇所かある。そちらでの失敗ならともかく、このカーブであのような激突を起こす失敗をするだろうか。何かがおかしい気がする。見えなかったはずの兄の顔が見えた気がした。麗央は確かに戸惑いの顔をしていた。ハンドルが何か違う、または、ブレーキが違う、そんな顔をしていた。我ながら妄想だとは思ったが、それを打ち消すことができなかった。

ドイツでも司法解剖が行われた。その報告書は持っている。それでも、もう一度、日本で司法解剖をして、この胸に沈殿しているしこりのようなものを何とかしたいと思った。ドイツのホテルにいるときから、両親と散々話し合い、説得して、再度解剖に回してもらった。愛莉にはどうしても納得のいかない何かがある。その原因を突き止めないことには、麗央の死を乗り越えられない。胸に重たいものを抱えたままでは生きていられない。

「これだけ傷だらけになった身体をさらに傷つけることは許さない」

母はそう言って司法解剖に反対したが、父は最終的に理解した。司法解剖の後、葬儀が行われた。スタートラインに着いたばかりの若すぎる死だったので、ささやかな葬儀だったが、春まだ浅く肌寒さの残る中、親戚や友人が集まってくれた。

結局、死因は外傷性ショックおよび失血。アルコールや薬物も見つからず、くも膜下出血や心臓発作など、身体的な原因も否定された。喉の奥のとげはますます大きくなった。

通夜から葬儀に至るまでの一連の居場所情報提供は忘れずに自分で行った。父と葬儀会社の間で決められたスケジュールをＡＤＡＭＳに入力した。その間、現実に引き戻されたような、麗央の死や自分の悲しみとはかけ離れたところに、もう一人の自分がいるような不思議な感覚がした。

サーキットチームの親会社であるＫ＆Ｗ社は、レース中の単純事故として報告書を上げてきた。

「回収したマシンの残骸の中には車の不備を示すものは何もなかった。エンジンからブレーキ、ハンドル、シャーシ、シートベルトに至るまで、何ら問題は見つからなかった」

そこにはこのような内容が書かれていた。暗に、世界一の難コースなのにそれに見合う技術を麗央が持ち合わせていなかったのが原因だと言わんばかりだった。

それから一ヶ月ほどして、同じＫ＆Ｗ社のマシンで今度はベテランのレーサーが事故を起こした。どこかのサーキット場のパドックで映した写真に仲良く収まっていた男だった。麗央はミシェルと呼んでいた。ミシェルのマシンは大きくコースを外れ、芝生の上で止まった。周りを走る三台を巻き込みながらの事故だった。幸いにも怪我人などはいなかったが、原因解明が求められていた。今回は、ブレーキシステムに不具合を生じていたとの報告があった。不具合の原因は、コックピットのミスとのことだった。

その後、K&W社の一般車両が事故を起こした。F1マシンではなく、一般の車両が立て続けに五件、ミシェルのときと同じようなブレーキの不具合と思われる事故を起こした。さらに、別の会社の車でも同じような事故が起きた。どの車もスポーツタイプの超高級車と呼ばれている車だった。

愛莉は兄の葬儀の後、一連の事務手続きを済ませ、ナショナルトレーニングセンターに立ち寄って、いくつかのアドバイスをもらい、スイスの合宿に帰ってきていた。二ヶ月近いブランクを取り戻そうと、必死で練習に励んだ。練習に集中すれば、麗央を失った心の痛みを吹っ切れるかと思ったが、頭から離れることはなかった。

「何かがおかしいと思わないか?」

とミシェルから水泳連盟を通して連絡があったのは、合宿中のある日のことだった。知らない人からの必要のない声が耳に入らないように、できるだけFacebookなどには触れないようにしているので、そちらからは誰も連絡できない。それでも、何とか連絡を取ろうとしてくれたようだ。

ミシェルとは細かなニュアンスまで話をしたい、そう思って、日本語とイタリア語の翻訳ソフト付き動画に切り替えた。短く刈られた栗色の髪の精悍な青年がそこにいた。麗央から送られてきた写真は、パドックだったり家の中だったりいろいろだったが、どれもニコニコとして、楽しげだった。顔全体をくしゃくしゃにして笑っている写真もあった。スマホに映し出されたその顔は確かに麗央と笑い合っていた男の顔だが、目が笑っていない。非常に厳しい目をしている。鼻筋の通った顔の一番下、口はやや薄めの唇をへの字に結び、口角が下がり、怒りを含んでいる。画面の下にわずかに見える、ストロンボリ島から二千メートルの海の底を覗き込むような果てしなく深いブルーのTシャツには皺一つなく、ミシェルの厳しい顔をいやが上にも厳しく見せている。

「私には車のことは何も分からない。ただ、兄はああいうところで、あんなミスをする人ではないと言えます」

町中の家の窓という窓が、ペチュニアやゼラニウムの赤に彩られた街道を眺める喫茶店の中で愛莉はそう答えた。実際、愛莉には車のことはよく分からない。誰かが運転してくれて、走って、止まってくれればよいだけだ。ただの移動手段で、それ以上のものではない。しかし、ミシェルの話を聞いて、事故直後に感じていた喉の奥の引っ掛かりがさらに大きくなったことは否めない。この引っ掛かりを解消する術があるなら、何とかしたいと思うが、愛莉にはどうしたらいいのか分からない。無意識にクグロフを一口かじった。愛莉の周りの空気が急に粘度を増した。吸い込んだ空気は胸元辺りにたまったまま肺まで流れてこない。呼吸をすることを忘れてしまったかのように、ただじっとしていた。眉と眉の間辺りに熱の塊が渦を巻き始めた。

「現場の整備不良などでは済まされない何か根本的なことがあるのではないか」

と画面のミシェルが言った。

「根本的?」

雲をつかむような話だ。

「具体的なことは分からない。ブレーキに関する何かとしか言えない」

車に関心のない愛莉でも、エンジンとブレーキが大切なことぐらいは分かる。車に乗るときはブレーキに命を託しているのだ。とはいっても、アクセルを踏めばスピードが上がり、ブレーキを踏めば止まる程度の認識しか持ち合わせない。いきなりブレーキと言われて面食らった。店の前庭の膝丈ほどに刈りそろえられた低木に一面のクチナシに似た白い花が咲いている。見るともなく花に目を遣った。自分と麗央の夏休みの宿題の押し花に白い花を使おうと思っていたら、茶色く変色してしまったことがあった。

「使えないね」

がっかりして、二人でそう言い合った。あれは何の花だったのだろう。全く何の脈絡もなく、子供のときのことが頭をよぎった。ミシェルは続けた。

「そう。皆、ブレーキに関する事故だ。偶然とは思えない。ただ、ブレーキを含め、フォーミュラーカーとラリーレース用と一般の車では各部品のデザインも素材も全く違う。我々のF1の場合、毎年、規格が変わってくる。タイヤの幅から、ブレーキのパーツの素材まで全て決まり事があって、実際には自由になる部分は少ない」

「そうなの？」

間の抜けた相づちしか出てこない。一年生を相手のような話をさせて悪いなと思った。

「事故が起きないように、事故が起きても死亡事故にならないように、事細かく決まっている」

「へぇ」

麗央からは聞かされていない話ばかりで、愛莉は理解が追いつかない。ミシェルの説明はどこか宇宙人の言葉のようで、耳の外を風のように通り過ぎていく。

「例えば、一般車両では、時速三百キロメートル以上のスピードを出すエンジンの性能は求められない。しかし、Ｆ１ではそれが普通のスピードだ。そうすると三百キロのスピードでも安定してハンドルを操作することが求められる。Ｆ１のマシンは、もともとカーブを切るとき少しカーブの内側に寄るオーバーステアを起こしやすい。カーブがより強くなるのでインに寄りすぎたコースを取ろうとした場合、カーブがきつくなりすぎて、アクセルを緩めたりするとリアが浮いて、スナップオーバーステアを起こすことがある。また、Ｆ１のマシンではタイヤの消耗が激しい。必然的に削り取られたタイヤは路面に付着する。皆が何周もした後の路面はマットになる。あるいはタイヤの大きなかけらが落ち、ハンドルを取られることがある。事実、それで事故も起きている。こういうとき、レーサーの腕はもちろん必要だが、ハンドルの性能も求められる。時速三百キロメートルで走るということは、そのスピードを一、二秒で停車させるブレーキの性能が求められるということだ。７Ｇに耐えるボディーやシート、シートベルトが求められる。一般の車のシートベルトは三点で固定されているが、レーシングカーは七点で固定されている。一般の車ではこれらの性能は求められない。その一方、一般の車には大量生産ができ、廉価であることが求められる。燃費の良さも求められる。一部の特殊な場合を省いて、これはとても大切なことだ。しかし、F1の車両に限らず、レース用車両というものにはそんなことは求められない」

ミシェルには車に対する熱い思いがあるのだろう。話が止まらない。

「ごめんなさい。ちょっと待ってね。スナップオーバーなんとかって何なの？　路面がマットって、タイヤのかけらってどういうことなの？」

「市販車はハンドルの角度よりまっすぐに走ろうとする傾向がある。これがアンダーステア。それに反して、レーシングカーなどはハンドルの角度より強く曲がろうとする傾向がある。これがオーバーステア。もともとオーバーステアの傾向にある車がカーブでアクセルを急にオフにしてしまうと車のリアが滑って、さらに内に寄ってしまうことがある。これがスナップオーバーステア。簡単に言うとそういうこと。一方で、車はタイヤが支えているわけで、ゴムでできたタイヤが猛スピードで走ったり、急ブレーキをかけたりすると、おろし金でタイヤを削っているようなものだから、削り取られたタイヤのかけらが、路面に付着して、路面の性質が変わっていく。それをマットになるという。このとき、タイヤがごそっと欠け落ちることもある。後続車が欠け落ちたものを踏んで跳ね上げたり、後方に飛ばして事故になるときもある。車が高速で走るということは、常にタイヤがいたみ、路面が変化するということだ。高速で走るときには常にこの可能性を頭に入れておかなければいけない。その極端な例がＦ１だ」

車に興味がない愛莉にはついていけない。愛莉は話を事故のことに戻して欲しいと思った。

「確かに。でも一般の車が、高速道路で事故を起こしているって言ってなかったですか？」

さりげなく話題を変えた。

「今、脱炭素、ＳＤＧｓ、その他諸々の問題が絡んで、世界の超お金持ちが買うような、家が何軒も建つような値段の超高級車に、Ｆ１で培われた技術が一部導入されている。今、環境という言葉が一つのキーワードだから、一般車両もそちらに舵を切り始めている。でも、まずはシート一つに何百万もの金を出しても厭わない人たちをターゲットにしている。ブレーキもその一つで、成型しやすく、軽量で高性能のブレーキを使用する動きがある」

そういえば、事故を起こした一般車両は全て超高級車ばかりだと聞いた覚えがある。愛莉の頭の中でも、一連の事故が一つにつながりかけてきた。

「調べる手立てはあるの？」

「私にはどうすればいいのかまでは分からない。しかし、もっと大きな問題が生じる前に、会社に根本原因を調査させて未然に防ぐことが、事故を起こした者の責務ではないかと思っている。亡くなった半井麗央の妹でもあり、水泳選手として名前のある半井愛莉にもこれに賛同して欲しいし、調査要請をするためにイタリアまで来て欲しい」

と言う。愛莉は残っていたクグロフと紅茶を口に押し込んだ。

麗央の事故に釈然としないものを感じていた愛莉は、取るものも取りあえずイタリアに飛んだ。空の上から地図と全く同じ海岸線をぼんやりと眺めながら、自分が何を求められているのか、何をすべきなのかをつかみかねている自分自身を思った。麗央の事故原因を解明したい。しかし、そのためにできることが自分には何かあるのか。車のことなどろくに知らない一人の人間が、大企業に太刀打ちができるか。ここまでやってきた自分はドン・キホーテなのではないか。高度が下がり、町の姿が鮮明になり、家が一軒一軒はっきりと見えるようになると、ここまで来たことが正解なのか、間違いだったのか、迷いが生じてきた。海のさざ波の上を機体が滑るように飛び、海岸近くの木々が、葉の一つ一つまで手に取るように見えて、ここにいることが現実だと再確認した頃、飛行機の車輪がドスンと滑走路に着地した。やはり解明すべきと、意を決した。ミシェルは麗央の通訳をしていたアントニオという男と二人で空港まで迎えに来ていた。通訳がいるというのは愛莉にとって非常にありがたかった。それまではスマホの翻訳ソフトや英語で話をしていたが、それだと、うまくニュアンスが伝わらず、まどろっこしい感じがした。日本語でさえ、うまく相手に伝わったかどうか分からないような細かなことを、翻訳ソフトを通しての話では、通じているのかどうかさえあやふやで、イライラすることがあった。実際に会ってみるとミシェルは思っていたより華奢で、落ち着きのある人物だった。薄緑のアースカラーで薄手のスイス綿のジャケットを羽織っている。トライアングルにはオフホワイトのTシャツが覗いている。デニムパンツと白いスリッポンの間には締まった足首が覗いている。軽く微笑んで握手を交わした。包み込むような柔らかな手だった。愛莉は彼らと合流し、K&W社へ直談判に向かった。F1参加の統括本部へと入っていった。

K&W社へと向かう途中、石垣の上に民家が見えた。石垣には一面につるバラがはっている。控えめな赤い花があちらこちらに咲いている。蔦がはっているところもある。かなり年代物とおぼしき石段の途中には、路地植えのレモンが二本、ピンクの花を咲かせている。ルピナスが要所要所に咲いていて、手入れが行き届いている。崖の上の民家の中では、おそらく家族が仲良く、光に包まれたような時間を紡いでいるのだろうなと想像した。愛莉は自分からそういう生活を捨てて、競技生活に入ったのだった。今となっては、もう、麗央は絶対に帰ってこないと思い、自分たちが両親のそういった幸せを奪ってしまったのではないだろうかと胸が痛んだ。

「どこにいるのですか？」

とチーム半井のスタッフから連絡が入った。

「IDCOから水泳連盟に検査未了の連絡が来ています。ご自分のスマホも確認してみて下さい。一応、申し立てをしておいて下さいね」

と言う。またしても失敗だ。自分は昨シーズンから三百六十五日、自分の居場所をＩＴＡ（国際検査機関）に知らせる義務があるＲＴＰＡになっている。勝手な行動は許されない。改めて思い出した。不自由なものである。母が言っていた不自由という言葉が今さらながらに思い出される。

今回は完全なイエローカードだった。

それでも、麗央の事故原因を解明することへの義務感が愛莉を突き動かした。事故原因を探れば、麗央が今にも隣に来て、何かを教えてくれそうな気がする。スマホを手にすれば麗央からの助言が入ってきそうに思える。事故調査に関わっていれば、麗央とつながっていられる気がする。

「Ｆ１の事故はブレーキに原因があったのではないかと思う」

ミシェルはメカニックの責任者に言った。

「半井の場合は、当初の報告書に書かれている通り、単純な操作ミスだった」

それではと、自分の事故のことについて尋ねた。

「コックピットの作業ミスだ。それに前の車にくっつきすぎていたためだ。前後左右の車との位置関係、車のスピード、ハンドル、ブレーキの性能、それらの予測値を常に頭に入れておくべきでしょう。ベテランなのにその辺りが抜け落ちていましたね。魔が差すとはこのことでしょうか?」

別の調査員も尖った声で話に割り込んできた。

「前を走る車は当然、追い越されないように、左右に車を揺らす。そうすると追い越す方はぶつからないようにブレーキを多用する。しかし、双方ともにブレーキの性能には限界がある。このことについても十分知っていることじゃないか。コックピットのミスに加えて、レーサーの予測が甘かったための事故だ。多分、たいした問題にはならないと思う。しばらくおとなしくしていることだ。どのレーサーにだって、悪魔に魅入られる一瞬というのは経験があると思う。黙っていれば会社が君を奈落の底に突き落とすことはないだろう」

調査員は暗にミシェルが無茶をしたのではないかと匂わせてきた。

「ブレーキがあまり効いていなかった。あんなことは初めてだ」

「事故の報告書は会社の方に上げておく。そちらを見てくれ」

レーシングカーの事故調査委員会では話の進展はなかった。

「どうもここの調査員には箝口令が敷かれているようだ。上層部の意向に沿って、結論ありきの調査をしている」

とミシェルが言った。

愛莉には発言の機会もなく、発言できる知識も持ち合わせていなかった。

「スカみたいな返事ばかり」

と独り言を言っただけだった。

高速道での事故車両の調査委員会にも足を運んでみた。

「原因はまだ調査中、結論は出ていない。話すことは何もない」

と、木で鼻を括ったような返事が返ってきた。

「結果が出たら速やかに報告書を上げるので、そちらを見て欲しい」

K&W社からは、今までの内容を繰り返すメールが来るだけで、何の進展もないまま、二ヶ月が過ぎた。愛莉は水泳の大会に出場を続ける一方で、K&W社に返事の要求を続けた。

「半井さんの事故は操縦ミスです。F1ではよくあることです。F1は死と隣り合わせのスポーツですから。ミシェルさんの場合は、レースが始まる前のコックピットでの整備不良です。前日に予選で走った後、エンジンもブレーキも調整し直すべきところを、きちんと調整ができていなかった。エンジンは取り替えができないので、きちんと整備、調整しなければならない。ブレーキもカーボンファイバーは摩擦係数が大きく性能が高い反面、摩耗が激しい。その都度、ブレーキパッドを取り替えなければならない。どうも、そのときの調整が悪かったようだ。ミシェルさんの場合は、何パーセントかは、チームの整備士の責任なので、会社の責任でもあるとも言えます」

一般車両のトラブルや苦情に対応している部署の人間にも連絡をしてみた。

「こう言っては何ですが、あまり運転の上手ではない方が、スピードの出る車を喜んで乗り回すと、どうも、車の能力イコール自分の能力と勘違いし、思い切りふかしてしまう傾向にあるようです。そういった方が事故を起こしてしまったということでしょう。何件も続いたのは偶然です。それにC／Cコンポジットの場合、摩擦熱の具合によってブレーキの効きが若干異なるような癖がありますが、そのことについてはユーザー様には説明してあります」

説明を受けるたびに、ミシェルが内容を咀嚼してやさしく解説し、アントニオが通訳をした。しかし、愛莉には時々、それらの話が宇宙人の言葉か何かのように聞こえた。K&W社を後にしてから、理解できなかったことを愛莉はミシェルに尋ねた。

「ちょっと、聞いてもいいですか？　Ｃ／Ｃコンポジットって何ですか？　ブレーキの効きが違うって何ですか？」

「私自身どこまで分かっていて、どれだけ伝えられるか分からないけれど、簡単に言えばフェノール樹脂を非常な高温で焼成して、さらにできた気泡にフェノール樹脂を含浸させて再度焼成する。これを数回繰り返す。できたものをＣ／Ｃコンポジットといい、強度、弾性、ともに優れ、高靱性で、非常な高温にも耐えることができる。もともとは宇宙開発や航空機のために開発された技術だが、現在、Ｆ１カーや競技用バイクにも使われている。些《いささ》か高価なのだが、会社はこの技術を一般の車にも用いようとした。ただ、一般的なブレーキでも、強くぎゅっと一気に踏み込むのと、短くギュッと踏むのと、軽く長く一回だけで済ませるのとでは、本当は皆掛かり方が違う。ブレーキパッドへの負担も違ってくる。Ｃ／Ｃコンポジットの場合、それぞれのブレーキの掛かり方に癖があるので、もっと注意を要する。そんなところかな？」

話を繰り返すうちに、愛莉は調査が全く進展していないことにミシェルもいらだちを感じていると気がついた。

空港へと向かう途中、喫茶店に立ち寄った。事故を起こした各車種のブレーキシステムに関する資料をミシェルがじっくりと検討している。愛莉とアントニオはミシェルの厳しい顔に声も掛けられず、時折珈琲を口に運ぶだけだった。やっとミシェルが顔を上げたとき、アントニオが何の資料かと尋ねた。

「何かブレーキシステムに関するデータの中におかしなことがないかと思ってね」

「それで、見つかりましたか？」

「そう簡単にはいかないさ。これは綺麗に整えられた数字の羅列だ。でも、どこかにほころびがある」

そう言ったきり、ミシェルはまたも資料の数字の中に入り込んでしまった。愛莉もアントニオも見えていないようだった。

確かにメーカーが言うように車には欠陥はなく、運転手のミスによる事故がたまたま連続しているだけかもしれない。あるいは発表がないだけで、会社は事故を防ぐべく、何らかの調査や対策をしているのかもしれなかった。いや、その方の公算が大きい。事故が多発してしまえば、車は売れなくなるわけで、普通、メーカーはそんなリスクを避けるであろうと思った。

しかし、きちんとした返事がなく、ついに、愛莉とミシェルは、他の一般車両の事故被害者たちとともに、調査委員会の立ち上げをイタリアの運輸安全委員会に申し出た。

その間に、水着の仕立てを頼んでいる人から、生地の入荷がなくなったと連絡が来た。愛莉は今までなら麗央に聞いてもらっていたような愚痴を、ついミシェルにしてしまった。

一般に水着の生地はアクリル、ナイロン、ウレタンを素材とし、これらを一定の割合で混合し、何デニールにするかを決め、撚りの度合いを決める。繊維そのものの伸縮性は、アクリル、ナイロン、ウレタンの順に増していく。これらの繊維を一定の割合で混合し、撚り合わせる。繊維の数で一本の糸の太さが決まる。撚りの度合いを決定する。撚りのかけ方で糸の張りが決まる。服の生地だと、この糸を何本か合わせて何種類か組み合わせて織り糸にすることで、味を出すこともある。撚糸ができたら競技会用は布帛《ふはく》で、練習用はニットで生地を作るのが一般的だ。生地は特殊な糸を使い、一人一人の身体に合わせて特注で作られている。イタリアにある生地メーカーから、日本のワールドカップクラスの競泳用水着の生地は卸せないと言ってきたそうだ。

水着と一口に言っても、愛莉たちが着ている水着はトップアスリートのための競泳用水着だ。愛莉に合わせて開発されている。愛莉はアクリルにウレタンが少し入った生地で細めの糸で撚りのあまり強くないものが好きなのだが、自分の好みだけでは決められない。実際にはどのタイプが最も愛莉に結果をもたらすかで決められている。他の繊維とどのように組み立てるかはそれぞれのメーカーがそれぞれの選手に対するレシピを持っている。競技会用は平織りの布帛が基本で、愛莉もこれを用いているが、一回の競技会に使うだけで、ほぼ使い捨てになる。大事に取り扱っても数回が限度だ。競技会ごとに桜の絵柄だったり、波濤の柄だったり、色や柄域のデザインが変わってくる。柄のデザインが発注され、染色される。選手の体型を測定する。袖の長さやズボン丈を決め、背中や胸元のカットを決める。製図を起こし、裁断、圧着となる。

練習用はニット地を使っている。ニットだと一人で着脱が可能なので、楽だし、洗濯も可能だ。ただし、塩素の入っているプールに浸かっているので、強いといっても限度がある。ニットでも身頃と身頃の剥ぎの部分から痛むことが多い。ニットドレスだと接ぎ合わせの全くないものが作れるという話を聞いて、水着でもそれを応用できないか尋ねてみたことがあるが、無理だった。

今回、その最初の段階の、生地が入ってこない。布帛もニットも入らない。水着が作れない。競技会用は今までの水着を大切に使うしかない。いつも爪が生地に触らないよう、手袋をして着脱しているが、さらに注意深くする必要がある。毎日使う練習用は深刻だ。ほぼポリエステルのみの生地を用いているが、それでも塩素には弱い。競技会用の布帛の水着に比べると格段に丈夫だが、とはいえすぐ痛む。消費が激しい上に、ストックもあまりない。誂《あつら》え品が入手できなければ、購入できるものに変更せざるを得ない。慣れない水着は身体にしっくりこない。ぎこちなくなる。水が水着の内側に入ってくる。いくら練習してもタイムは良くならない。

もともと、水泳は水の抵抗・流動性とどう付き合うかというスポーツだといっても過言でない。水と水着の摩擦をどう制御するか、それは、例えば、飛行機の機体にかけるワックスのようなものだと思ってもいい。飛行機はワックスの種類によって全く燃費が違ってくる。水泳も水の抵抗がなくて、水流に乱れがなければ水の中をするりとすり抜けることができる。水着で身体の凹凸を補正して、できるだけ身体の形を魚に近づける。織り地の糸の方向で、水の流れる方向を整える。このあるかないかの小さな凸凹で水の流動を整えて、推進力に変えていく。水を味方につける。このような水着は、わずかだが早く進める上に、体力の消耗も少ない。このわずかな差は大きい。

それなのに、その水着が作れない。あたかも日本潰しにかかってきているようだ。

愛莉もこれには困惑したが、他の競泳のＲＴＰＡに該当する人たちも困っていた。

ついには、愛莉が原因で水着が作れなくなったのではないかという噂が広がった。

「ふるさとと国の期待を一身に背負っているのに困る」

口にこそ出さないが、そういう空気が愛莉にもビンビンと伝わってきた。

普通、メーカーはどこの国の選手にでもエールを送る。良いタイムが出たときには、ともに喜ぶ。良いタイムが出た水着は世界中で売れる。「選手」という名前の人たちだけでなく、子供から老人までが購入する。その良い例が二〇〇九年の高速水着だった。五万円ぐらいなので、水泳をする人は、我も我もと購入した。世界中のどこからでもよい。自社の製品でスーパースターが出ればいい。従って、このような妨害を生地メーカーや繊維会社がするとは考えにくい。冷静な考えと感情は別物だ。噂は暴走する。

不運は重なる。この頃、インターネットにこうした書き込みが見られ始めた。

「Ｆ１事故で死亡した半井麗央の家族が、事故原因は麗央にあるにもかかわらず、車のせいにして多額の保障金をせしめようとおかしな動きをしている。金の亡者か？」

これに対して「いいね」が多数ついている。積極的に意見を書き込む人もいる。

「あんなにも大きな自動車会社がおかしいことをするはずがないじゃないか」

「半井愛莉をイタリアに入れるな。彼女が出る水泳大会はボイコットしろ」

「落ち度のない会社から金をせしめようだなんて、なんて汚い」

愛莉は自分の名前とおぼしき部分を見つけて、日本語に翻訳した。かなりへこんだ。

「お兄ちゃん」

愛莉は麗央を呼んでみた。

「K&W社も思ったように動かない。水着も手に入らない。IDCOが来てイエローカード一つ。私、どうすればいいの」

一人呟いたが、何の返事もなかった。

イタリアでテレビ局のスポーツ担当のアナウンサーが一人資料室に配置転換になった。番組の中で麗央の話をしたのが原因だとミシェルから連絡があった。麗央の事故当日はどこも「気の毒に」という報道だったが、すぐに忘れ去られた。その後、とあるレース中継の中でこのアナウンサーが
「注目していた若手レーサーが事故死をしたが、どうにもスッキリしない。表に出て

くること以外に何か裏がありそうに思う」

と話した直後に降板になってしまった。

相変わらず、ネット上ではトーンポリシングが起こっており、自分たちは正しいことをしているつもりらしい無責任な声が次第に大きくなっている。一連の事故の本質からは離れたところで、ひょっとしたら動くかもしれない、大きな金額に関心を寄せた書き込みに対する支持が増えている。この論点のすり替えは短期的には愛莉たちに不利に働く。長期的に見れば、K&W社にとっても、決して有益ではない。

今まではこういうときには麗央に愚痴を言ってみたり、相談に乗ってもらっていた。麗央と話がしたいと思ってスマホを手にするたびに、「ああそうだった」と、改めて悲しみが襲ってきた。

伸び悩みの原因を探るために、合宿地を離れ、一度気分転換もかねてナショナルトレーニングセンターに帰ってきた。毎日、測定と分析に明け暮れた。日本に帰ることで、K&W社からもしばらく切り離されたいと思っていた。合間を見て、晴れ間にトレーニングセンター近くの河川敷や土手でジョギングをした。日差しのもと、走っていると足下に車前草《おおばこ》や蒲公英《たんぽぽ》などの小さい草がアスファルトを割って生えていたり、倒れてもなお伸びようとしているなどの生命の息吹を感じることがある。ここでへこんではいられないと背中を押される。

河川敷に一本の合歓《ねむ》が生えていることに気がついた。大きな木なのに花が咲くまで気がつかなかった。一つ一つの濃いピンクの花はふわふわと頼りなげだが、一面に咲いていると不思議と力強い。明るく照らされている気がする。

そんな折、また事故が起きた。K＆W社のスポーツタイプがアウトバーンで大型バスに衝突し、数名の死者を出した。愛莉が更衣室で他の選手と談笑しているときに麗央の同僚だったレーサー、ミシェルから、電話が入った。

「もう一度、すぐにK＆W社本社へ行って談判しなければならない。すぐに来てくれ」

「シーズン中は動けないが、連名で調査の申し出に名前を載せてもらってもいい」

とだけ返事をした。

「話は違うが、この前言っていた水着の話。生地屋さんの方は納品したい意向らしいよ。その会社の営業は、そう言っているらしい。できない何かがあるのだろうね。それが何かはまだ探れていないけれど」

水着が入手できにくくなったと一言話しただけなのに、覚えていてくれて、しかも、調べていてくれたのだとビックリした。

「納品したいのに、できない？　なぜ？」

「分からないけど。工場の事故で生地が作れないとか、原料が入手できないとか、工員が一斉にストに入ってしまったとか」

「アハハ、あり得ない」

久しぶりに笑った。状況はちっとも前に進んではいないけれど、気に掛けてくれているというだけで嬉しかった。

愛莉には問題点がはっきりとは見えてこない。見えそうになるが、近づくとそれは蜃気楼のように遠くへ逃げてしまう。つかめない。次々に問題が起きすぎて、絡みすぎて、核心が何か分からなくなっている。頭が混乱してくる。

トレーニングセンターの上空の空が暗くなった。窓から眺める四角い空には黒雲がひとつ仁王立ちしている。見る間に成長し、ときどき閃光を放ちながら、こちらに向かってくる。日本では線状降水帯と呼ばれる雲が発生し、このような黒雲が次々と際限なく現れ、大洪水に見舞われることがあるという。一度降り始めると、やむことを知らないことがある。入道雲がまるで鎖のようになって次々に発生し、留まるところを知らない。

大事になる前になんとか手を打てないものか。愛莉は一抹の不安を覚えた。連鎖という言葉が恐ろしい。

K&W社では、このたびの再調査の申し出で、ミシェルが首を切られそうだという。その噂は愛莉の耳にも入ってきた。一方で、社内に置いたまま口を封じ、レースから外して、閑職に配置換えされるだろうという噂もある。首を切られようと、レースから外されようと、彼ならやり遂げるだろうと愛莉は確信していた。ミシェルは、このまま放置すれば、起きるかもしれない事故、その犠牲者、彼らを救うべき責任が自分にあるという思いに突き動かされている。

合宿地に帰ったが、チーム半井にトレーニングマシンの貸与を取りやめるという通告があった。自分専用のトレーニングルームがあり、トレーニングマシンがいつでも自由に使えるのはありがたい。それなのに協力が得られないというのは、痛手どころの問題ではない。こんなときに、どうしてこういう話になったのかと、奈落に落とされた気持ちになった。

「愛莉、あなた、トレーニングマシンを引き上げられて、黙って落ち込んでいるつもり？　何でこうなったか、教えてくれと言わないの？　あなたが言わないのなら、私が一言もの申しに行ってくる」

鈴木トレーナーが顔を真っ赤にして、何かメールを打ち出した。ほどなく返信があり、トレーナーが読み上げた。

「貸与をやめなければ、取引を中止することになると大きな取引先からの圧力が掛かり、そちらを優先せざるを得ない。半井さんには誠に申し訳なく思うが、いかんともしがたい。取引先の名前は言えない」

鈴木トレーナーの声は次第に怒気を帯びてきた。

「どういうことよ！　理不尽な」

調査を阻む大きな壁

調査委員会の立ち上げ要求から三ヶ月が経ったある日、一緒に訴えを行ったミシェルが水泳の競技会会場近くのホテルに来ていると連絡してきた。彼から一人の男を紹介された。K&W社の車とバスの事故を調査している保険会社の社員だった。

「最初はなかなか教えてもらえなかったが、関係先に日参しているうちに、気心が知れてきた社員さんができて、少しずつ口を開いてくれるようになった。事故の原因として、ブレーキ系統を中心に調べているが、K&W社にディスクブレーキを納入しているピッコラというブレーキ会社の子会社の社員がちょっとした鼻薬でいろいろ教えてくれた。それまでのブレーキパッドの含浸、熱処理回数を変更したらしい」

そして、その社員が言うには、と続けた。

「エンドレスで取り替えが必要なブレーキパッドの素材を廉価にしたいという思惑からだった。ブレーキパッドは必然的に摩耗する。目には見えない粉塵を出す。昨今の環境問題重視の中で、昔使われていたアスベストや銅は使えなくなっている。そんな中でパッドに求められている強度、摩擦係数、熱伝導性等をクリアしながら、成形のしやすさ、組み立て工程の簡便さも求められている。もちろん、軽いことは燃費が良いことに直結するので、必須のことになる。今までF1車両に用いられてきたC/Cコンポジットを一般車両にも使う方向で研究が進められている。

今、排気ガス削減などの必要性から、一般車両にもC/Cコンポジットを使えないかという模索が始まっている。その先鞭を付けたのが、K&W社の高級スポーツカーだ。C／Cコンポジットのパッドにすると、軽量化とともに制動時の安定性、耐久性も増す。熱放散も良く、組み立て工程の簡素化も期待できる。ただ非常に高価になる。ゆくゆくは一般車両にも使いたい。しかし、そうなると、少しでも安くしたい。そこで炭素繊維の重合を変え、充填用炭素の含浸回数を変えてきた。その中での今回の一連の事故だ。まだよくは分からないが、決定は会長、社長、一部の理事だけで行われ、その他の役員には変更となることだけが、後になって伝えられたらしい。子会社にも、変わることだけが伝えられ、K＆W社の社員には納品があって初めて、変更になったことが伝えられた」

どうも一緒に酒を酌み交わすうちに、子会社の社員は袖の下でよほど口が軽くなったらしい。べらべらとしゃべる様子が目に見えるようだ。

「含浸回数が少ないと層間強度が低くなり、そのデータについてはK＆W社に提出している。それにもかかわらず、各車両の公になっているブレーキ性能のデータを見ると、四回含浸のデータになっている。つまり、K＆W社内のいずれかの部署でデータの改ざんが行われている。子会社から提出されたデータは無視された。K＆W社にとって都合の悪いデータは上に上げられず、途中で止まっているのかもしれない。自分たちにとって都合の良い数字に書き換えた可能性が高い。うちの方ではそのことについて気がついているのに、なぜか誰も何も言わない。K&W社からの無言の圧力がかかっていて、ものが言えない。いかに自分たちが両社の間に挟まれて苦しい思いをしていることか」

保険会社の社員は急に真顔になって、話し出したという。

「つまり、ブレーキパッドは高速で、長時間運転することで、熱変成を受けやすく、破断を招いて事故につながりやすい、欠陥品だったということになる。もしも、これが本当なら、これはリコールの対象になり、バスに突っ込んだ車の運転手の責任は問えないことになり、調査員である自分の関与するところではなくなる。そしてこのC/Cコンポジットは F1マシンにも共有されており、麗央やミシェルの乗っていたマシンにも使われている。K&W社はブレーキパッドの強度不足を承知の上で、事故は起きないだろうという正常性バイアスに惑わされ、レーサーを乗せ、事故が起きた。その時点で見直しをするべきであったものを、データの改ざんをして、一般車両としても使用、販売し、事故が起きてもまだ隠している。保険会社としても、これは事故の調査とは別に、K&W社に突きつけるべき事項だと思う。彼らは人間としても道義的にいかがなものか」

その保険会社社員は一気に話した。

「私の仕事としては、バス会社及び乗客に対する保険料の問題が解決すればそれで終わりです。でも、私個人としては、リコールに持ち込みたい。それにはミシェルさん、それと半井さん、あなた方に告訴をして、損害賠償請求と慰謝料の請求を行ってもらいたい。それを足がかりに、この不正を正していきたい。お願いします」

愛莉はあの事故のとき、目の前で起きたことに何か釈然としないものを感じていた。それが何なのか考えてもよく分からなかった。今、腑に落ちた。やはり麗央があいうクラッシュをするわけがないと思っていた自分は間違いではなかった。

訴訟手続きは保険会社社員の指導のもと、ミシェルと連名で行われるので、イタリアまで出向く必要はない。ＲＴＰＡとしての愛莉の立場にも配慮してもらえ、サインも電子化され、法廷の出席もリモートで行えるので、特別、動き回ることも、時間がそちらに割かれるということもなくて済みそうだ。

「今まで愚痴など聞いてもらっていた麗央がいないので、ついでと言ったら何ですが、ちょっと聞いてもらってもよいですか？」

愛莉はミシェルにタイムが伸び悩んでいること、水着用の生地が納品されなくなり、水着の不自由さは日々ひどくなっていっていること、トレーニングマシンが貸してもらえなくなったことなど胸の奥にたまっていたものを吐き出した。

ある日、夕食を兼ねたミーティングを済ませ、チームメイトと水着を長持ちさせる方法について、情報交換をしていた。

「カシミアのセーターを洗うときのように、ぬるま湯の中で押し洗いをして、バスタオルでロールケーキのようにくるくると巻いて何回か水を吸い取らせるのが効果的よ」

と教えてくれる人がいた。なるほどと皆でそれを聞いていると鈴木トレーナーが
「監督が愛莉を呼んでいる」

と呼びに来た。部屋に入ると、いきなり
「お兄さんの事故がきっかけで、イタリア男と付き合い始めたようだが、どうなのか?」

と尋ねられた。

「イタリア男というものは浮気なものらしい。相手にするな。ひょっとしたらイタリ

アチームから日本チームに差し向けられた刺客かもしれない。うかうかと口車に乗ってはいけない」

「気をつけます。ただ、彼は兄のチームメイトというだけで、それ以上の付き合いはなく、水泳には全く関係しない人なので、日本の水泳チームに妨害工作をするとも思えないです」

と言ったが、どこからそんな話が出てきたのか、理解できなかった。取りあえず、ミシェルとは距離を置いた方がよさそうだ。

ある日、トレーニングから帰ってくると、母からのメールに気がついた。

「来年は喪中で正月はできないけれど、帰ってきて欲しい。新しい年を家で一緒に迎えたい」

切々と書かれていた。

「分かった」

と返信をした。

競技会でよく会うイタリアの選手から

「スイミングスクールの子供たちに水泳を指導してやって欲しい」

というＬＩＮＥが入っていた。

「十二月二十七日の飛行機で日本に帰って、一月十日までいるつもり」

と答えると、二十三日、二十四日に子供との交流会をセットした、クリスマスを一緒に過ごそうという返事がきたので、ＯＫと答えた。気分転換の場を提供してくれたのだと思うと、ライバルという名前の友達がありがたかった。急な変更だが、居場所情報を管理システム、ＡＤＡＭＳに入力した。ミシェルにも
「今年のクリスマスはイタリアで迎えることになった。楽しみ」

と、メールを入れた。

二十三日に続いて、二十四日の朝、スイミングスクールに出かけようとすると、ミシェルから電話が一本かかってきた。

「先日の綺麗な数字ばかりが並んだ資料を覚えているだろう？　あの数字の中に矛盾を見つけた。データ改ざんの証拠だ。それと、あのカーボンファイバーの会社から同じパッド原料の納品を受けていたのはＫ＆Ｗ社だけではなかった。別の自動車メーカーも、あのブレーキ製造業者が納品した、同じカーボンファイバーのブレーキをスポーツタイプの高級車に使っていた。そして、事故が起きていたことも分かった。私

の事故からわずかな期間にK&W社の車と同じような事故が二件あったが、やはり同じカーボンファイバーが使われ、三回含浸だったことが分かった。一つの大きな統計学的証拠になる。ところで、あの保険会社の調査員を覚えているだろう。どうも車メーカー、ブレーキメーカー、炭素会社、皆でもみ消し工作をしているようだ。事故をなかったことにはできないが、車のせいではなく、運転手のせいだという結論に向かって、K&W社は役人やらマスコミに手を伸ばしているらしい。どうやって調べてくれたのかは分からないが、頼もしい」

ミシェルは続けた。

「ついでにもう一つ。水着の話をしていただろう」

「はい」

「その生地メーカーに繊維を卸している会社は、K&W社の会長の姪が社長だ。おそらく水着が入手できなくて、参っている頃合いをはかって、水着の納品とブレーキの性能の検査への要求取り下げを交換条件にするつもりじゃないか」

愛莉は言葉がなかった。ミシェルは続けた。

「話を戻す。マスコミに訴えるために、今日、告訴する旨の記者会見を行う。今イタリアにいると聞いたが、どこのホテルに滞在しているのか?」

「ベルガモホテル。でも今からスイミングスクールの子供たちに指導するために出かけて、午前中はその用事。その後、友人とローマ市内の観光や、お土産を買う約束になっている」

「ちょうどいい。その観光の時間を僕たちにくれ。記者会見に同席して欲しい。記者会見場はベルガモホテルから車で数分のところにある。ゆっくりしていたら、どこまで被害が広がるかも分からない。素早く動く必要がある。それにはマスコミを動かすのが早いと思う。愛莉さんの力が必要だ。急な話で申し訳ないが、是非同席して欲しい」

「でも、今日の指定時間は十七時三十分から十八時三十分なの。無理よ」

「記者会見は十五時から十六時だ。長引くことはないと思うから大丈夫」

「私、イエローカード一枚の身だし、無理よ」

「僕だって、ドーピング検査の対象だし、現に競技会外検査に来られたこともあるし、その気持ちは分かる。でも、このまま放置して、交通事故の被害者を増やしてはならないことも分かって欲しい」

愛莉は自分がどこで何をすればよいのかを詳細にミシェルから聞き取り、ADAMSに行動予定の変更を入力した。

この頃になって、インターネット上にK&W社の事故に関する書き込みが少しずつ増えてきた。今までは愛莉たちの訴えを「金の亡者」「売名行為」と攻撃する書き込みが多かったが、次第に批判的な書き込みが減少し、K&W社の車が何だかおかしいという書き込みに変化してきた。

「K&W社はきちんとした調査をせよ」

という書き込みに、その日のうちに「いいね」が三千もついた。

マスコミも動き出した。いくら訴えても、てこでも動かなかったテレビや新聞が、ここに来てインターネット上の騒ぎを無視できなくなったのか、ぼつぼつと報道するようになってきた。一つずつバラバラの事故だったものが、愛莉たちの動きによってつながりつつある。全く別々の事故と思われていたのに、一つの画面に並べてみたら、根っこは一つ、単純なタイで結ばれていることが、見えてきたのだ。トーンとしては

「K&W社の車がおかしい」

というほどの話ではなく

「何だか変だね」

という程度の話だったが、少しずつ声が上がってくるようになった。まだニュースとしての報道ではなく、インターネット上でこういうことが起きていますよ、といった種類の報道だったが、少しずつ声が大きくなってきているのは事実だった。「K&W社は本当のことを話せ」という声も出始めている。

ターゲットになる会社が巨大であればあるほど、誰もが知っている会社であればあるほど、インターネット上の話は面白い。多くの人が食いついてくる。誰もが正義の味方だ。トーンポリシングが起き掛かっている。無責任ではあるが自分もここに乗っていきたいと思う。K&W社は大衆車も作り、世界中にユーザーがいる。その会社の車に不備があれば人ごとではない。自分の車が該当車かもしれないし、隣を走る車がK&W社の欠陥車でぶつかって来るかも分からない怖さもある。まず、匿名性の高いインターネットがざわつき始め、ついで、マスコミも少しだが取り上げるようになってきた。マスコミが動くのはある程度の検証ができてからだ。今はまだ、本格的に取り上げてくれるには至らない。そこに一石を投じるのが愛莉の役目だ。ここでうまく動けばピア・プレッシャーが起き、一気呵成に事が動くかもしれない。

父から、「弔慰金という名目でとんでもない額の金の提示があったが、イタリアではこれが相場なのだろうか」とメールが入った。「事故の話から手を引けという意味だろう」と返信をした。行政やマスコミに圧力を掛け、被害者にも金の力で圧力を掛け、こういうことをしてまで、守らなきゃいけないものって何だろうと、愛莉には理解が及ばなかった。

記者会見場であるヴィットーリオホテルには、事故を起こした人や、バス事故の被害者のうち、数人が集まっていた。ホテルの前庭は幾何学的な植え込みがあり、イルミネーションで飾られていた。その奥に車寄せがあって、タクシーも数台止まっている。二重のドアを入り広いロビーを通り抜けて、エレベーターで二階の控え室へ行った。クリスマスの菓子であるスピッツクーヘンが皿に盛られていた。紅茶のスプーンには角砂糖が乗り、ブランデーを落として火をともした。死者も出たバス事故の被害者の女性が一人来ていた。右足を骨折し、未だにギブスで固定された状態だ。膝を動かさないように車椅子の座面からまっすぐ前に突き出した板の上に足をのせている。薄緑のブラウスに赤の巻きスカートをはき、スカートと同じ生地の膝掛けを掛けている。その車椅子の女性に目線を合わせるよう、他の人たちも皆椅子に腰掛けている。

会場でも同様に取材者側も含めほぼ椅子に腰掛けている。愛莉は白いブラウスにブルーグレーのテーラードスーツだ。ミシェルや他の人たちも、麗央やバス事故で亡くなった人たちに弔意を表すため、寒色の服が多い。

「私は兄の麗央を亡くし、とても悲しいです。寂しいです。小さい頃から、何かあると必ず麗央が助けてくれました。兄に頼って生きてきました。今でも、兄がいるように感じています。そして、話をしようとして返事がないとき、ああ、そうだったと亡くなっていることを思い知らされるのです。最初は単純な事故だと思いました。K&W社は今でもそう言っています。でも、もし、そうだとするとなぜ立て続けに同じような事故が起きているのでしょうか？　そこに隠された何かがあったとしたらとても悔しいです」

　車椅子の女性が言った。

「私は友達と二人でドイツのあちらこちらを旅行して回る途中でした。彼女が結婚する前の、最後の記念旅行でした。楽しい旅行のはずでした。アウトバーンでとんでもないスピードで走っていた車がコントロールを失ってバスの腹にぶつかり、バスは横転し、ぐちゃぐちゃになりました。友達は私と私が座っていたシートの下敷きになり、体中あちらこちら骨折をし、出血をし、私の身体の下でうめき声を上げながら亡くなっていきました。彼女の声は今も耳の中で響いています。彼女の血が失われていく様子を、私の手が覚えています。生暖かい血が服を濡らし、びしょびしょになるに従って、うめき声は小さくなっていきました。声が聞こえなくなってからも、なかなか救助は来ませんでした。私の身体の下で、筋肉が一切の力を失った瞬間、彼女は神に召されたのだと思います。その瞬間をはっきりと覚えています。でもそれが何時何分だったのか私には分かりません。私自身、身動きが取れなかったので、時計も見ていないのです。彼女のお母さんに死亡時刻を教えて欲しいと言われましたが、答えられないのです。こんな残酷なことってありますか。確かに、彼女を押し潰したのは私です。今、目をつむると、彼女のうめき声と、彼女の身体のわずかな動きが甦ってきます。眠ることができないのです。なぜ私たちはこんな目に遭わなければいけないのでしょうか？　原因は、下り坂でスピードを出しすぎた車がバスにぶつかってきたからです。バスにぶつかってきたあの車は本当にただの無謀運転だったのでしょうか？　彼女の血の色を皆さんに知ってもらうために、痛みを分かってもらうために、赤いスカートでやってきました。本当はもっと哀しい赤でした。

死にたくないという叫びの赤でした」

ミシェルとバス事故を担当している保険会社の調査官、保険会社の弁護士が今までに起きた関連があると思われる事故について数え上げていった。匂わすだけ匂わせて、そこから何が見えるかというようなことは何も言わなかった。根拠のない推論は現段階では言えない。調べたことについても殆ど何も言わなかった。いつどこでどのような事故があったのかという事実のみを話した。

弁護士が
「カードは切るな」

と釘を刺していたのだ。それがなければ、愛莉などは今知っていることを洗いざらいぶつけてしまいそうだった。

直後、パパラッチの突撃取材があった。ミシェルにいきなりマイクを突きつけてきた。

「まだ、ミシェルさんはK&W社のF1チームに籍が残っていますよね？」

「半井さんが亡くなり、ミシェルさんがチームを離脱したら、今シーズンはどうなると思いますか？」

愛莉にも矛先が向いてきた。

「事故までは愛莉さんの順位は順調に伸びていて、タイムも上がっていたのに、事故後は一進一退ですね？　お兄さんの死のショックからですか？　やはり、練習量が減っているのですか？　こんな訴訟沙汰に加わっていないで、練習にもっと励むべきではないですか？」

「日本ではこの不振はどう扱われているのですか？」

「お兄さんを亡くしてかわいそうと言われ、かわいそうな自分に酔っているのじゃないですか？」

通訳のアントニオもそばにいたが

「私、イタリア語は話せません」

と言って、愛莉は何とかこらえてだまり通した。いきなりマイクを突きつけられるというのは、何回経験しても気持ちのいいものではない。

「彼女、こんな経験は初めてだと思う。少し気の毒」

車椅子の女性を見ながら愛莉が通訳に呟いた。

「そう言えば、彼女、最近まで訴訟に加わるつもりはなかったらしい。ところがピッコラ社と亡くなった友人の家族との話し合いの中で、『バスにぶつかってきた暴走車は多額の保険に入っていたので、相当の保証金が入ってきそうだ、よかったですね』などと家族の神経を逆撫でするような話をされたと聞かされ、急遽、訴訟にも加わり記者会見にも参加することになったらしいよ」

と、アントニオが耳打ちをした。

その様子はインターネットでライブ配信された。

国際ドーピングコントロールオフィサー（ＩＤＣＯ）が愛莉の泊まっているベルガモホテルのロビーに入ってきた。武蔵麗羅とアンジー・スミスという二人の女性である。ベルガモホテルの外観は、ビジネスホテルなら世界中どこへ行っても、こんなものだろうという四角いコンクリートの塊で、フロントにも人はいるが、チェックインは全て機械操作で本人が行うタイプだ。客が来るロビーはいかにも綺麗に、言い方を変えれば、ビジネスライクで味気ないほどに、清潔に整っている。一階のフロントが見える喫茶室に入り、ノートパソコンを開いた。注文をした珈琲をロボットが運んできた。

ＩＤＣＯのうちの一人が言った。

「私の友人にＦ１が好きな人がいてね、新人の半井というレーサーに着目していたのに、事故で亡くなってしまったと言っていた。今日の半井愛莉の兄に当たる」

パソコンに「Ｆ１事故、半井」と入力した。「記者会見」の文字を見つけて開くと、ヴィットーリオホテルで行われている記者会見の様子が映し出された。画面の中に愛莉の顔を認めた。

「えっ」

と、目を見合わせたとき、スマホが鳴った。愛莉の予定変更の連絡が入ってきた。

画面右下の数字は十五時を示している。これから訴訟を起こそうとしている人たちの顔がパソコン画面に大きく映し出されていた。当然のことながら、記者会見はイタリア語で行われている。麗羅には車の業界用語や専門語、あるいは、法律用語などは分からなかった。ドイツ語圏の出身ながら、イタリア語とドイツ語、フランス語が公用語であるスイスからのアンジーが、時々、麗羅に英語で通訳をする。しかしながら、通訳をするアンジー自身がイタリアの法律にはあまり明るくない。細かな車の部品の名前なども分からない。自分たちがどこまで理解できているか、心許ない。記者会見の内容そのものは二人の任務には全く関係のないことだが、それでも興味をそそられる。アンジーのおかげで、記者会見の内容を麗羅もある程度把握できた。

「あら。登録通り動いているわ。新しい登録では、世界標準時十四時から十五時に記者会見をし、その後十五時三十分にはこのホテルに帰ってくることになっている。つまり、こちらの時刻では十五時から十六時の記者会見で、十六時半にはホテルに入ることになっている。それにしても急な変更。振り回されている感じだわ」

「そりゃ予定通りに動くでしょう。もともと少し気が小さい人間らしいのに、今、イエローカード一枚だ。あと二ヶ月あまりの間に、もうあと二枚イエローカードをもらったらアウトだ」

「彼女、選手としては素晴らしいものを持っている。伸びしろは無限大にも見える。DCOとしては、こういう言い方が適切かどうか分からないけれど、気になっている選手の一人なの。でも、気が小さいらしく半井麗央の事故死から何だか少しおかしい気がする」

自身も水泳をするというアンジーが言った。

「半井麗央ってどんなレーサーだったのかしら?」

「何でも、若手のホープとして期待されていた人で、人柄もなかなか良かったと、F1ファンの友人が話していたわ」

麗央については、麗羅もアンジーも全く知らない。ただ、いくつものF1コースがあるヨーロッパに住んでいるアンジーにはF1ファンの知り合いがいた。

「しかし、大きな事件に巻き込まれてしまったものね。気の毒だけど、いずれ選手としての自分と、社会正義のための自分との板挟みになることがあるかもしれない」

「私たちはそこには首を突っ込むべきではない」

「分かっているわ。それは私たちの仕事ではないもの。いろいろな意味で、私が関与できる話でもないしね。訴訟でしょ。法律なんて国によって全く違うし、自分の国の法律さえよく分からないものね」

麗羅は腕時計を確認した。

「今、十六時八分前だから、予定ではもうすぐ記者会見は終わるはず。じきに帰ってくると思う。一応、記者会見が長引くことを考慮して、九十分後にはこのホテルにいることになっている。今日の指定時間は十七時三十分から十八時三十分だから、まだ少し時間があるわ」

「記者会見から指定時間までが二時間半かぁ。少しタイトね」

アンジーが問わず語りのように話し出した。

「私の名前ね、使者という意味のギリシャ語が語源らしいの。だから、ＩＴＡからの使者、ＩＤＣＯにぴったりでしょ。だからここに参加したの。今は仕事の都合で、ナポリの郊外に住んでいるわ。あなたは？」

麗羅は唐突に聞かれて、答えに困った。

「私？　日本にはスポーツファーマシストという制度があって、ドーピング問題を中心に活動をしている薬剤師たちがいて、私はそこから一歩飛んでみたというところよ。今はちょうど、夫が長期出張でテルニに来ているので、私もこちらの民間療法や薬用植物について調べてみようと、ついてきているの」

非常に端折った答えをした。そんなとりとめのない話をしながら、画面に見入っていた。

その様子を後ろの席で聞き耳を立てている一人の男性がいた。スーツの尻ポケットに入る程度の小さな取材ノートに次々にメモをしている。

愛莉は取材から解放され、ホテルに戻るためにタクシーに乗ろうとした。そのとき、黒いスーツを着た数人の男が、隣を歩いているミシェルに声をかけてきた。振り向きざま、ミシェルは腕をつかまれ、背中を違う方向に圧されてしまった。それに気がついた愛莉とアントニオが、ミシェルと男たちの間に入って食い止めようとした。男たちとの間で、小競り合いとなり、結局、ミシェルと愛莉は男たちの車に押し込まれ、アントニオ一人がヴィットーリオホテルの前に取り残された。

騒ぎを聞きつけて、ホテルのドアボーイが走ってきたが、間に合わなかった。

愛莉たちはそれぞれ両脇をがっちりと男たちにつかまれ、身動きが取れないまま車に押し込まれ、後部座席で左右から挟まれ、窮屈な状態で車が動き出した。別々の車に強引に押し込まれ、ヴィットーリオホテルから車で二、三分ぐらいのところにある別の建物の一室に連れて行かれた。薄暗い地下駐車場から専用エレベーターを利用して、直通で部屋に入った。シャンデリアの煌めきが矢のように愛莉の目を射た。愛莉には誰かに助けを求めるチャンスもなかった。ただただ状況が飲み込めないことが不安だった。

部屋の中には経済誌などで見覚えのあるK＆W社の会長がいた。何十年か前は精悍な男であったらしい名残はあるものの、今は肩書きの鎧を身にまとった老人にしか見えない。愛莉を見て目を剥いた。部屋には他に何人か同席している。いずれも仕立ての良いスーツを着ている。例えば、和服の着物と帯が一対一対応しているように、スーツとワイシャツ、ネクタイとポケットチーフが一対一対応している。誰も彼もが、髪の毛の一本一本まで神経の行き届いた格好をしている。よく磨き込まれた靴を履いている。しかも、それが板についている。しかし、誰も彼も、厳しい目をし、名前も身分も名乗らなかった。女性も一人いたが、にこりともしていない。女性の指の大きなピジョンブラッドの指輪が、無数のスクエアカットのダイヤに囲まれて、シャンデリアの光を冷たくはじき返していた。あの車椅子の女性の下で亡くなったという友人が流した血の色はこのような色だったのだろうか、と思うともなく思った。

彼らの横に立つと、愛莉たちをここに連れてきた男たちの服装は誰もが陳腐としかいいようのない代物だった。一応、ブランド品ではあるものの、誂え品ではない悲しさがそこにはある。ヴィットーリオホテルの前ではプロレスラーのような筋肉自慢の大男と感じていたが、落ち着いてよく観察してみると、さほどのことではない。

K&W社の会長は男たちの一人を呼び、視線を愛莉においたまま小声で囁いた。

「記者会見の場に常勝弁護士の異名を取る男が同席していたので、火種の小さなうちに訴訟を取り下げさせた方がいいと思って、ミシェルを呼んできて欲しかったのだが、なぜ、半井愛莉までここへ連れてきたのか？」

そして、会長は返事を待たず、一呼吸おいて、両手をその大きな腹の上に軽く乗せたままおもむろに口を開いた。

「今日はミシェル君にお越しいただいて、話し合いをしたいと思い、ヴィットーリオホテルの前で部下に声を掛けさせたが、愛莉さんも一緒に来て下さって、ご同席頂けるのですね。美しいお嬢さんだ。物分かりの良い方だと嬉しいのですが」

書類を山のように抱えた女性が入ってきた。ターコイズブルーのテーラードスーツにオフホワイトのシルクのタートルネックセーター、ダイヤを七石あしらったネックレスをしている。肌色に近いピンクの低めのパンプスを履き、姿勢を崩すことなく歩いている。ごく普通のジャケットとスカートのツーピーススーツだが、肩をいからせ、まるで戦闘服だ。女性はK＆W社の顧問弁護士だと名乗り、白く彩色された猫足の机の上に書類をどんと置いた。

見渡せば、この部屋は柔らかなピンクの壁に漆喰でレリーフを施し、華やかな彩色をしている。その上から惜しげもなく金泥を掛けている。部屋の隅に半円を描くように階段があり、これ以上ないほどの装飾が施された手すりがある。調度品は、どれもこれも緩やかな曲線をなし、ロココ様式で統一されている。飾り暖炉の脇の、人の背丈より大きな振り子時計が十六時二十三分を指している。長い振り子はゆっくりと動き、その都度、歯車の回る金属音が、緊張している愛莉の耳を突き刺す。

K&W社の会長は白い猫足の椅子に深々と腰掛け、動かない。水色の地に白とピンクの唐草文様に金のストライプの入ったクッションが、押し潰されている。赤ネクタイの男と白のふくれ織のシルクスーツを着た高齢女性もじっと腰掛けたままだ。指輪と同じデザインのペンダントトップのネックレスに金とプラチナでできた百合の花束のブローチをしている。

「早速だが、ここで示談交渉に入りましょう」

弁護士が言いかけたとき、高齢の女性が

「その前に、喉が渇いていませんか?　紅茶でも持ってこさせましょう。お嬢さんには甘いものを」

と言った。

女性は手を優雅に上品に動かした。フレンドリーに愛莉を指さす。手が動くたびに指のピジョンブラッドが輝く。目は冷ややかに光っている。このように冷徹な目を愛莉はいままで見たことがない。口元は穏やかに微笑んでいる。全て計算ずくの冷たい微笑みだ。

「ピッコラ社だが、部屋に何か甘いものと紅茶を二つ、持ってきて欲しい」

後ろに立っている男の一人がどこかに電話を入れた。

あまり言葉は理解できないながら、愛莉は、この女性がピッコラ社という会社の幹部か何かだと推理した。保険会社の人の話ではピッコラ社の子会社からブレーキパッドの性能についてデータが上がっている。ピッコラ社からK&W社にどういうデータが上がったかは分からない。ピッコラ社がデータを改ざんしたか、あるいは、K&W社がデータを無視、改ざんして、チームにそして車の販売に至ったのかそこのところはまだ分からないという話だった。いずれにしても、今回の一連の事故はここにいる人たちの手によって引き起こされた。

「わたくしの計算では、原告、お一人お一人の逸失損益がこちらの一覧表の通りになります」

弁護士は数葉の書類をミシェルの目の前に突き出した。愛莉には、ただ数字の羅列にしか見えなかった。

「それぞれの事故の過失分配率を計算に入れると次の一覧になります。それに実際にかかった医療費や葬儀費用を計算すると次のページの一覧表の通りです。これに各々の方に対する逸失損益と慰謝料を加算すると最後のページの一覧のようになります。これが社会通念として一番妥当なところです。よくご覧になって、サインをお願いします」

と弁護士は言いながら、ミシェルと愛莉にペンを持たせ、サインを迫った。

いきなり言われた愛莉は、こういう交渉はこんな具合に唐突なものかとびっくりした。ミシェルが
「これは被害者全体での計算になっている。今回の問題の被害者全体にこれだけのお金を渡すから、後は適当に被害者たちの中で分配してくれというようにも見える。これだと今の私にはイエス、ノーを言う権限はない。弁護士も同席していない今の状況で、他のメンバーもいないところでこのような話を持ち出されること自体、私は不愉快です」

とはっきり言った。会話内容までは分からないまでも、愛莉は無言でいる方がよい

ような空気だった。黙ったまま頷いた。

部屋にノックの音が響き、紅茶とケーキが運ばれてきた。ワゴンにケーキが二つ、紅茶も二つ運ばれてきた。白に金泥で縁取り模様が施された綺麗な皿に、イチゴムースが詰まったハート型タルトに生のイチゴやバナナ、洋梨が盛り付けられ、ミントの葉が添えられている。イチゴソースがぐるりと周りを取り囲んでいる。プリンスオブウェールズの強い香りがした。愛莉はこのケーキを目の前の人たちにぶつけて、顔をムースだらけにしてやりたいと思った。一方、その大人げない行為を止める冷静な自分もいた。

弁護士は話を続けた。

「裁判に持ち込んだとして、長い年月をかけて調査が行われ、そこで初めて結果が出ます。金が支払われるまでには相当の時間がかかります。その間のあなた方の生活はどうなりますか？　裁判費用はどう工面するのでしょう？」

愛莉の耳には弁護士の声がまるでロボットが発する金属音のように聞こえた。

「必ず我々が勝つ。神は我々に味方する。心配してもらわなくても、支援者が必ず出てくるさ」

何だか言い合いになっているようだが、女性の抑揚のないＡＩが発する機械のような声が不気味だった。おおよその想像はつくが、内容はよく分からない。翻訳ソフトは持っているが、使える状況ではない。

「愛莉さん、ケーキを召し上がれ」

白服の女性が愛莉に向かって言った。言葉が通じないのを前提としてだろう、少し大げさな身振り手振りで、お茶を愛莉に勧める。会釈だけを返した。

「今から原告になろうとしている人の中には、高齢者もいたみたいですね？　彼らは長い裁判に耐えられるでしょうか？」

Ｋ＆Ｗ社の弁護士の言葉に、ミシェルは怒りを増幅させた。

「それを狙って長引かせるつもりか？」

「年齢的に言って、今、子育て真っ最中の人もいたみたいですが、子供を育てるというのはかなりお金が掛かりますよ。どうするのでしょう？　一般的に言って、裁判になれば相当の時間を要します。体力的、経済的に持ちますか？　示談に応じなければ、彼らは結論が出る前に潰れますよ」

「皆、社会正義に意義を感じている。放っておいてくれ」

かなり威圧的な会社側弁護士とミシェルの緊迫したやりとりが延々続いた。

K＆W社の会長がおもむろに口を開いた。

「君は今、うちの社員だ。立場が微妙になることを承知なのか？」

「私はチームを愛し、会社を愛しているからこそ、立て続けに起きている事故の原因を知りたい。統計学的に言って、異常な頻度で特定の場面で、事故が起きている。つまり、スピードが出た後のブレーキだ。急激な速度調整で何かが起きている。それを解明しなければ、事故は続く」

話を聞いているうちに、愛莉にも少しずつ話の内容が見えてきた。要するに、雀の涙ほどのお金で告訴をとりやめ、示談に応じて欲しい。そうでないとK＆W社もブレーキメーカーも炭素会社も、あるいはそれぞれの会社の別の納入先も皆が困る。特に炭素の会社なんて小さく体力のない会社だから、話が長引くだけで倒産するかもしれない。従業員はどうなるか、その家族はどうなるのか、納品を受けている別の会社はどうなるのか、そういう社会的なことも考えてくれ。これらの会社の株価が下落すると株主も困るのだぞ、という話のようだ。言葉は分からないものの、言いたいのはそういうことらしかった。名乗らなかったが同席しているのは白服がブレーキ制作のピッコラ社、赤ネクタイが炭素の会社の重役だと分かった。企業の論理も株主の論理も全て経済論だ。このことを放置することによって失われるかもしれない人の命を、経済論で話して欲しくない。

愛莉も一言、麗央の無念をぶつけたかった。車椅子の女性の悲しさを彼らにぶつけたかった。しかし、日本語で何か言ったところで、理解してもらえるわけもなく、気持ちを飲み込んだ。

明らかにされる真相

麗羅とアンジーがホテルの喫茶室で時計をにらみつけていた。十六時三十分だ。先ほどのホテルからこのホテルまでタクシーだとほんの数分の距離だ。歩いても三十分もかからない。あの記者会見の後なので、車を使うと考えるのが普通だ。もう記者会見終了から三十分以上経過しているが、こちらには帰っていない。あの後には何の予定も入っていない。おかしい。普段なら、ちょっと珈琲でも飲んでから帰ろうかなどと考えるかもしれないが、愛莉は神経が細いようだ。こういうときにそれはないだろう。あまりにも遅い。不自然な時間が経過している。麗羅は少し脈が上がるのを感じた。

「遅すぎる」

と独り言を言った。

「うん。遅すぎる。何かあったとしか思えない」

「どう考えても遅すぎる」

麗羅はますます脈が速くなった。

「イエローカードを一枚もらったばかりなのに、愛莉さん、自分でADAMSに入力しておいて、まさか時間を忘れたりはしないでしょう」

二人の後ろの席に座っていた男が立ち上がった。Tシャツにジーンズ、上からポケットだらけのデニムジャケットを羽織った小太りの男だ。どこの国へ行っても、美男子とかかっこいいという形容で呼ばれることのない、しかし不思議と人に警戒感を持たせない人なつこい空気を纏っている。男はフリーの記者でジュリアンという名前だと言った。

「私は今、K&W社の事故について調べている。中でも、最初の被害者とおぼしき半井麗央に着目している。あなた方も知っているようだが、半井麗央はK&W社のF1のレーサーで、レース中の事故で亡くなった。その後、K&W社の関係した事故が立て続けに起きている。まだ、死亡事故は二件だけだが、今後急増する可能性がある。そのため、これを調べて、抑止するために記事にしたい。半井麗央の妹であり、また、今回の原告団の広告塔の役を担う半井愛莉に話を聞かなければならない。彼女は競技会の都合で、世界中どこへ行くか分からない人だ。それがこの数日間、このホテルに宿泊しているという。本日の記者会見を行う予定の原告の中で他は殆どヨーロッパ圏内の人で連絡も取りやすいが、愛莉は日本人で、しかも世界中を転戦しているアスリートだ。取材の連絡が取りにくい。そんな彼女に是非とも今日中に何とか取材をしておきたいと、会見場には行かずこのホテルで張り込みをしていた。そして、あなた方と同じく、彼女の帰りが遅いと感じ始めてきた。私が口を差し挟むことではないが、向こうのホテルに行ってみようと思う」

そう言ってジュリアンがバイクに跨がった。

「何か分かったら連絡を入れる。もしも彼女が帰ってきたら、すぐに私に電話をして下さい」

一方的にそう宣言し、麗羅の携帯番号も聞き出した。普通、麗羅は初めて会った人間に携帯番号を教えるようなことはしないのだが、このときはなぜか、何の抵抗もなく教えてしまった。

ジュリアンがヴィットーリオホテルに着いたとき、記者会見場はもちろん、被害者たちが打ち合わせをした部屋も、記者たちに突撃取材を受けたところも、すでに撤去され、何も残っていなかった。職員に愛莉を知らないか聞いて回ったが、帰ったのではないかという返事ばかりだった。ひょっとしたら、タクシーの順番待ちをしているかと思って、ジュリアンは一応タクシー乗り場も覗いてみた。念のため、そこにいたホテルのドアボーイに、愛莉を見ていないか声を掛けた。

「複数の男たちに腕をつかまれ、車に引きずり込まれるようにして連れて行かれた。何か不穏な空気だった。異常なものを感じて、飛んでいったが間に合わなかった。そのうちの一人の顔に見覚えがある」

と言った。

「だれだ？」

「いやぁ、ちょっと……。お名前までは」

ジュリアンはドアボーイの胸ぐらをつかんで、揺すった。柔和なドアボーイの顔が少しゆがんだ。

「思い出せ」

「お客様のことをお話ししてはホテルの信用に関わります」

「おまえが黙っていることで、大きな事件になってみろ。その方が信用問題だ」

ジュリアンはなおもドアボーイの襟元を締め上げた。締め上げられたためか、葛藤のためか、ドアボーイはますます苦しげな顔になった。

「あぁ、ちょっと待って。いつだったか、大きな会合の予約が入って、その前後に何回かお見えになった方で……。そうだ。K&W社の会長の秘書の方だ。お名前まではちょっと……」

「行き先は分かるか?」

「そこまでは。全く」

「携帯番号は?」

「存じません」

「予約を入れていったということは連絡先を教えているということだろう」

「私には全く分かりません」

ジュリアンはドアボーイの返事を最後まで聞かず、フロントへ飛んでいった。

「K＆W社の会長がどこかこの辺りに定宿を持ってはいないだろうか」

何とか秘書の携帯番号を聞き出したが、今現在の居場所までは分からなかった。

顔の知られている会長の秘書が、顔も隠さず、愛莉たちを引きずっていったということは、最悪の事態には至らないと思える。おそらく、すぐさま命に関わる事態にはならないだろう。少なくともそれを目的にした連れ去りではない可能性が高い。しかし、何か偶発的なことが起きないとも限らない。一緒に高名なレーサーもいることから、取りあえずは無事だと思われるが、探し出さなければいけない。腕時計を見た。今、十六時四十八分。ジュリアンは無意識に右の指先をトントンとカウンターの大理石に打ちつけた。爪がコツコツと音を立てる。ますます、いらだちが助長される。麗羅にヴィットーリオホテルには誰もいなかったことを連絡した。

「うそ！」

「取りあえず、こっちに来て欲しい。今、行きそうなところを探している」

爪の音が早くなる。

「私たちは時間までここを動けない。ここでひたすらじっと待つしかない。私たちはここで愛莉さんと接触しなければならないの。動けません」

ジュリアンは顔が引きつった。

「私のＩＤＣＯとしての任務はここで愛莉さんと接触することです」

なおも麗羅は躊躇しているが、アンジーははっきりと断った。爪の音がやんだ。ジュリアンは握りこぶしを作り、カウンターを叩いた。

「勝手にしろ！」

そう言って電話を切った。

ＩＤＣＯとしての麗羅は冷静に物事を見つめていた。自分たちはこのホテルで愛莉に接触する。そして、競技会外検査をする。もしも接触できなかった場合は、検査未了になる。ただそれだけのことだ。一方で、一人の人間としての麗羅がいた。さっきまでいたところには誰もいない。帰ってくる時刻を過ぎても、まだ帰ってこない。どこに消えたのだろう？　いろいろ推測をする。緊張で喉が渇いてお茶でも飲みに行ったのか。それともおなかが緩くなって、トイレにでも入っているのかもしれない。いやいや、そんなことでこんなに時間はかからない。まさか、昔から言われる神隠しにでも遭ったのか。途中で交通事故にでも遭って、病院に運ばれたのではあるまいか。良い方へは考えが進まない。悪い方へ、悪い方へと考えてしまう。電話の向こうから聞こえてくるコツコツという音が麗羅の心臓に乗り移り、早鐘のように打ち出した。

ジュリアンはヴィットーリオホテルのフロントを脅したり、賺《すか》したり、威圧したりしてやっと重い口を開かせた。

「K&W社の会長が近くのカイザーホテルに一部屋持っている」

という連絡がジュリアンから入った。

「僕は今からそっちに向かう」

と言った。そこに今会長がいるかどうかも分からないけれど、というニュアンスだった。

ジュリアンはバイクならすぐに着く目と鼻の距離のカイザーホテルへと行った。そのロビーで一人の男を見かけた。記者会見場で愛莉の後ろに立ち、通訳をしていた男だ。この男がここにいるということは、連れ去られたのは愛莉とミシェルだけだということだ。ともに記者会見をしていた人たちはどうなったのか、まるで分からない。しかし、ヴィットーリオホテルのドアマンの話では、騒ぎがあったのは、愛莉たちのところだけだったようだ。

何か知っているかもしれないと慌てふためいているその男に声を掛けた。

「落ち着け。さっき、車の事故に関する記者会見で通訳をしていたのは君か」

その男は目を見開いた。

「な、何か、K&W社の事故の関係者ですか?」

男は疑っているような、見極めるような、目の前の男をどう解釈すべきか迷っているような目でジュリアンを見た。

「私はあなたが通訳をしていた半井愛莉を探している」

本来の目的はK&W社の取材だとは言わなかった。その方が協力を得やすいと、記者の勘が言っている。

「私も探している。さ、さ、先ほど、ヴィットーリオホテルの前ではぐれてしまった。愛莉を連れ去った男たちがここにい、い、いるのじゃないかと来てみたが、いなかった」

男はよほど慌てているのだろう。言葉がもつれて、言いたいことと口から出てくる言葉が、いかにもちぐはぐになっている。

「会長の部屋には行ってみたのか?」

「ホテルの職員に探してもらったが、誰もいなかったと言っていた。人の気配もなかったし、私は入れてもらえなかったが、ホテルの人が言うには使われた形跡もなかったらしい」

このホテルの中の別の部屋に愛莉とミシェルが連れて行かれ、監禁されている可能性もあるとジュリアンは考えた。

「他の部屋は探してみたか」

「いいや。会長もミシェルもそこそこ有名人だから、顔を見かけたら、ホテルの人間が覚えていないわけがない。でも、誰も見かけた人がいない」

アントニオは頭の中で話したいことが一気にあふれ出し、口が言いたいことの十分の一も処理できていない。混乱のさなかにいる。顔の表情も手足の動きもそれを証明している。

「落ち着け。会長以外に誰か二人を連れ去りそうな人間はいるか」

ジュリアンも焦りを体中に感じ、行き先も分からないまま、足が勝手にどこかに向かって走り出しそうだった。イライラと唇をかみしめた。軽く拳を握り、みぞおちの前で揺すっている。しかし、焦っているときほど落ち着かなければいけない。「落ち着け、落ち着け」と自分に暗示を掛けた。

「まず、深呼吸をしろ。それからあなたの名前を知りたい。名前が分からないのでは話をしにくい。私はジュリアン。半井愛莉は自分の居場所を常に明らかにしておかなければならないＲＴＰという立場のアスリートで、その競技会外検査のためにＩＤＣＯである二人の女性がローマに来ている。二人は半井愛莉に別のホテルで会わなければいけない。そして彼らは今、そのホテルを動けない。それで、私が彼女たちに代わって、愛莉を探しにやってきた。まあ言わば、善意の押し売り、ごり押し協力ってところかな。あなたの名前は？」

会話を盗み聞きしたとは言わなかった。頼まれて来ているという方が、この男の協力は得やすそうだと判断した。

「アントニオ」

アントニオは自分の名前を一言言ったことで、少し落ち着いたようだ。右足と左足が別々の方向に走り出しそうな不安定な感じがなくなった。

「私は愛莉の兄の麗央の通訳をしていた。Ｋ＆Ｗ社の社員ではないが、Ｋ＆Ｗに頼まれて、通訳を始めた。麗央は楽しいやつだった。有望株だった。麗央が亡くなって、今はミシェルが愛莉と話をするときに、通訳をしている。今日も頼まれて通訳をしていた。ミシェルと三人でいたときに襲われて、私だけ助かった。二人がいなくなったのは私のせいだ。二人に何かあったら取り返しがつかない」

アントニオは筋だった話ができる程度には落ち着いたようだ。あらためて、ジュリアンが肝心のことを尋ねた。

「彼らを連れ去りそうな人の心当たりは？　例えばブレーキ会社の誰かとか。ブレーキ会社の誰かトップの人たちが定宿にしているところはどこだろうか？」

指を一本折った。

「カーボンファイバーの会社。それから、同じところからブレーキの納入を受けている別の自動車会社。僕は名前を聞いていないけれど」

アントニオが言った。

「いいぞ。それぐらいか？」

ジュリアンが言いながら指を三本折った。

「ブレーキ会社とカーボンファイバーの会社の名前は分かるか？」

「ブレーキ会社は比較的大きな会社だ。ピッコラ社という。シェア占有率も高い。カーボンファイバーの方はピッコラの子会社だ。会社の名前までは分からない。調べはすぐつく」

一秒も無駄にしたくはない。それでも、どちらに向かって走ればいいのかが分からなければ、動きが取れない。二人とも同じことを思っていた。

「落ち着け、焦っているときほど、落ち着け。別荘などいくつか持っていそうな連中ばかりだが、取りあえず、近くにいるような気がする。接待やちょっとしたオフレコの会議などのために、ホテルを常に一部屋押さえているところはたくさんある。そういうホテルで、顔の知られたミシェルたちを連れて入っても誰にも見とがめられないところ、例えば、駐車場から自分の部屋まで直通の専用エレベーターがついているホテルとか、外から見えない戸建てコテージになっているところとか」

「えーっと」

二人で思いつく限りの名前を書き出してみた。優に三十件はあった。ジュリアンがホテルの電話番号を調べ、アントニオが電話をかけていった。さらに

「ピッコラ社の代表電話番号にも電話をして、社長や会長の行き先を聞き出して欲しい。会社の方では、まさかのときの連絡先ぐらい、把握しているだろう。代表電話に

電話をかけて、何でもいいが、例えば、『国税局ですが、社長の去年の収入の記載に不備があり、至急確認したいことがあるから、現在の居場所と電話番号を教えて欲しい』とか何とか言って上手く聞き出してもらいたい」

「何とかやってみる」

アントニオは自信なさそうに答えた。

何本かの電話の後、

「ありがとう」

と、ジュリアンが通訳をねぎらった。そして、麗羅に

「愛莉とミシェルはどうやら今はサボイアホテルにいるらしい」

と、電話した。もう、サボイアホテルまで来てくれとは言わなかった。言い争う時間がもったいない。アントニオをバイクの後ろに乗せ、サボイアホテルへと急いだ。

「今、十七時か。おかしなことになっていなければいいけれど」

ジュリアンはサボイアホテルのフロントに社長の部屋を尋ねたが、なかなか教えてはもらえなかった。最初は無茶なことを言っているこの二人の男を、うさんくさそうに値踏みしていた。ジュリアンが大手テレビ局の名前を出した。報道部の有名プロ

デューサーの名前も出してみた。アントニオが目を剝いて、ジュリアンを見た。

「かつての上司だ。この際、名前を借りてもいいだろう」

上司の名前が効いたのか、二人の表情があまりにも切羽詰まって緊迫していたからか、やはり何かあるらしいと感じてくれたようだ。人間二人の命に関わる事態だと言ったら、ホテルの受付スタッフが
「マスターキーは渡せないので、担当の客室係が一緒に行って確認をする」

と言った。

客室係がやってくるまでのほんの二、三分が、とてつもない長い時間に感じられた。客室係がやってきたときには、すでに十七時四十分になっていた。

「時間をロスした。何事もなければいいが」

ジュリアンは一人呟いた。アントニオも頷くともなく頷いた。

ジュリアンはホテルのスタッフとともに部屋をノックした。

「客室係です。恐れ入りますが、空いた紅茶のカップをお下げしに参りました」

反応がなかった。ジュリアンがドアノブを回したが、開かなかった。中からはやはり何の反応もなかった。客室係はマスターキーをドアに差し込んだ。ジュリアンは腕

時計を見た。十七時四十三分。

部屋の中ではミシェルと会長が不毛の言葉の応酬をしていた。

「訴訟を取り消せ。金を受け取れ」

「いやだ。受け取らない」

ミシェルが突っぱねる。

「多くの人が職を失うかもしれないんだぞ」

「訴訟を取り下げたら、事故が起きるかもしれないぞ」

どちらもが、自分の主張にこそ利があると思っている。

「会社の収益が減れば、国の税収も減る。我々が国を支えているんだ。そんなうちの会社を崖縁に立たせてよいと思っているのか」

「良い車が手に入ったと喜んでいる人たちを死の淵に立たせてよいと思っているのか」

声が荒くなってくる。

「うちの車はいい車だ。事故が起きるような車は作っていない。事故になるのは、運転に不備があるからだ。うちの車のせいではない。だから、訴訟は取り下げろ」

レーサーと会長の話は堂々巡りをしている。先ほどから愛莉は何回同じ話を聞いただろう。最初、聞き取れなかった発音が次第に聞き取れるようになり、なんとなくトーンで意味が推察できるようになるほどだった。こんなにも怖い思いをしているのに、耳は勝手に音に慣れていく。

「私たちの会社は伐採した木や日々山のように出てくる紙くずなどから、精度が良い炭素を作れないか研究している。もしもこれが成功すれば、環境持続社会にどれだけ貢献するか考えてみてくれ」

赤いネクタイをしたカーボン会社の社員が時折、口を挟む。

「そうだ。バイオマスから得られる炭素でバンパーの樹脂からゴルフクラブのヘッドまで作れば、石油の使用がどれだけ減らせるか。ＳＤＧｓにどれだけ貢献できるか、しかし、それには金が必要だ」

白い服を着たブレーキ会社の女性が言った。

「そうです。私たちからＳＤＧｓに貢献するチャンスを奪わないで欲しい。あなた方の返事一つにかかっているのだから」

そのとき、ドアをノックする音が部屋に響いた。愛莉は振り子時計を見た。十七時四十三分だった。もう何日もここにいるような気がするが、連れてこられてからまだ一時間と経っていない。後ろに控えていた男の一人が慌てて掛け忘れていたドアチェーンに飛びついた。

ノックに続いて、鍵の外れる音がした。チェーンより、マスターキーの方が一瞬早かった。ドアが静かに開き、客室係の片足が入ってきた。男がドアノブをつかんで引き戻そうとするが、それより早く、客室係がドアの内側まで進んだ。そして、部屋全体をぐるりと見回した。ホテルの名前に傷がつくようなことは何も起こっていない。続いて、客室係の背にピタリとついていたフリーの記者ジュリアンが入ろうとした。チェーンをかけようとした男が今度はジュリアンを阻止しようとして、もみ合いになった。彼はジュリアンに腕をつかまれ、見据えられて、動きを失った。書類が山積みになったテーブルを囲むように、口角泡を飛ばすがごとくに、数人の人物とミシェル、愛莉の二人が対峙しているのを確認した。彼らの後ろにも数名の男が立っていた。その全員が一斉にジュリアンを見た。

テーブルの向こう側でパイプを吹かしているのはK&W社の会長だ。白い服を着て、指輪をくるくるといじっているのはピッコラ社のCEOだ。ジュリアンも一連の事故に興味を持った時点で、関係する記事を調べて回った。その記事の中に何回かこの二人の顔写真は出ていた。レーサーのミシェルは調べるまでもなく分かる。若い東洋人の女性は半井愛莉だろう。競技会のときの写真とはずいぶんイメージが違うが、間違いない。ピッコラ社のＣＥＯの隣でふんぞり返っている赤ネクタイは誰だ？　派手な青いスーツを着た、アイスピックのように尖った女性は誰だ？　ジュリアンの記者の勘が大きな金鉱を掘り当てたと叫んだ。ポケットの録音機のスイッチを入れ、カメラを取り出した。

「ミシェルさん、愛莉さん」

と声を掛けた。

愛莉はドアが開いてホテルの客室係が入ってきたのを見た。続いて男が一人入ってきた。見知らぬ男だ。何者だろうかと不安が増幅し、ミシェルを見た。ミシェルもまた、戸惑っていた。この男を知らない様子だ。目の前の人たちを見た。彼らもまた、この男とは面識がないようだ。少なくとも、会長たちに加勢するために来た人物ではなさそうだ。少しほっとする。しかし、この見知らぬ人物が何者か分からない。Ｋ＆Ｗ社の加勢に来た人物かもしれない。耳の奥で何かがざわついていた。

「何だ。君たちは」

立派なスーツを着た赤ネクタイの男が客室係と男を見据えながら声を発した。それと同時に部屋の奥に控えていた数人の男たちがバラバラと侵入してきた男に近寄ってきた。ジュリアンが少し震える声で、しかし、きっぱりと言った。

「私の用事があるのは愛莉さんだけです。あなた方に用はありません。愛莉さんとの用事をまず済まさせていただきます。時間制限のある大切な用事なものですから、ご理解ください。愛莉さんをこちらに返していただきます」

(私が本当に用事のあるのはおまえさん方だけど、今はまず、愛莉とミシェルをこの場から連れ出さなければならない)。一瞬の判断だった。

愛莉の耳に見知らぬ男の力強い声が響いた。赤ネクタイの男は眉をぴくりと動かした。愛莉はこの見知らぬ男から自分の名前を名指しで呼ばれ、さらに何かが起きようとしていることに、不安を感じた。男たちはなおもジュリアンと客室係を室外に押し出そうと試みた。

「あなた方、逮捕監禁罪を犯していますよ」

ジュリアンは淡々と静かに、しかし厳粛な声で言った。最初に「あなた方に用はない」と言ったときとは全く別人のような、抑揚のない、感情をどこかにしまい込んだ重たい声だった。あたかも、客観的判断としての事実をK＆W社の会長たちに知らしめているようだ。先頭の客室係とジュリアンに続いて、別のホテルマンを含む数名がなだれ込んできた。愛莉は、一歩遅れて部屋に入ってきた人たちの中に、アントニオを見つけた。知っている顔を見つけて安心感が身体の奥から湧き上がってくるのを感じた。そして、これまで心の内に封じ込めていたものが次第に形をなしてくるのを感じた。

愛莉は今まで言葉が通じず、言いたいことも言えなかったが、アントニオを見て、これで好きなことが言える。言いたいことを言っても通訳してもらえると思った。この部屋に来てからずっと心の中で渦を巻き続けてきた感情を爆発させても、通訳がいる。これで、自分の言いたいことが言える。アントニオはきっと通訳をしてくれる。いままで、口まで出掛かって引っ込めていた感情が、一気に吹きだした。

「私の兄を返して下さい。兄はあなた方の作った車を信じ、ブレーキを信頼して、事故に遭いました。あなた方のしていることは人の信頼を裏切る行為です。性能の改ざんなんてしてはならないことです。そのために多くの人が死に追いやられるとしたら、それはリコール隠しでも何でもなくて、未必の故意の殺人ではないですか？　兄を返して下さい」

愛莉はダムが決壊したように、日本語で留まるところを知らずしゃべった。アントニオは通訳が追いつかないのか、しばらく黙っていた。その後、静かに通訳をし始めた。

ジュリアンは次々に部屋中を写真に収めた。

「ここで何が起きたのか。私には分かってないけど、私の勘がここの写真を撮れと言っています。何でもなければすぐに写真は消去します。でも、私の記者の勘が事件の匂いだって言っているので。失礼。私、フリーの記者をしています。私、事件の匂いには敏感なので。本当にたまたま愛莉さんを探している人の近くに居合わせただけなのですけれどね。おや、素晴らしいパイプですね。競売で落札してきたような。おやおや、こちらの指輪も素晴らしい。お麗しいマダムによくお似合いだ」

そう言いながら、なおも、K&W社の会長やピッコラ社のCEO、赤ネクタイ、青いスーツ、あるいはそれぞれの会社の社員と思われる黒服の男たちを撮り続けた。男たちは映らないようにカメラから顔を背けたり、カメラを取り上げようとしてみたが、シャッターは容赦なく切られ続けた。机に広がっている書類の山も一つずつ写真に収めていった。

「あらあら、いい匂い。美味しそうな菓子ですな」

猫足の机に書類とともに置かれた、手つかずの菓子と紅茶も写真に収めた。息をする暇さえないぐらいに、意味のないことをしゃべり続け、言葉が「剣の舞」のピアノの連打のように口から飛び出してくる。

「私はね、愛莉さんに会いたがっている人がいたから、代わりにお迎えに来てみたんです」

今までのお調子者の顔から、急に真顔になった。

「でもねぇ、あなた方このお二人を不当に監禁していますよね。この二人はなぜここに連れてこられたのでしょうか？　こんなにも立派な身なりの方たちにねぇ。私、仕事柄、疑問があったら、解明しないでは気が済まないたちでね」

アントニオはジュリアンのことを
「調子のいいやつ。『口から男』。しゃべり続けている間にさっさと仕事を進めている」

と見抜いた。

「さっきは協力の押し売りだと言い、勝手にやってきたと言い、頼まれたから来たとほのめかしてみたり、その都度、口から勝手に言葉が飛び出してくる。どれが本当のことで、どこからが無責任なその場しのぎなのか。最終的には、K&W社のデータ不正問題を記事にするつもりだろうし、ひょっとしたら、この誘拐まがいの行為も記事として視野に入っているのかもしれないし」

ジュリアンを秤に掛けながら、愛莉の叫び声を通訳し続けた。

フリーの記者だと名乗った男は、黒い服の男たちに邪魔をされながらも、部屋の中のあらゆるところをあっという間に写真に収め、部屋の入り口近くに置かれた観葉植物の鉢と同化して、一瞬動きを止めた。カメラを取り上げようと近づいた一人の男と小競り合いになったが、するりとすり抜けると、急に愛莉の腕をつかんで部屋から出て行こうとした。愛莉はそれに身をまかせてもいいものか判断がつかず、身を固くした。アントニオとミシェルを見た。

「ミシェル」

このフリー記者と名乗る男に引っ張られてもいいものか、判断をミシェルに求めて、小さく声を出した。ミシェルはアントニオを見ている。この人はアントニオと一緒に入ってきたのだった。いやいやをする子供のように腰を落として身構えていた。アントニオの手が、愛莉にドアの方へ行けと指示した。ジュリアンに引っ張られるままに動いた。ジュリアンの手を温かいと感じた。訳が分からないまま、入り口近くまで進んだ。それでもなお、愛莉はそこにいる人たちに何かを訴えようとしている。ジュリアンの愛莉を引っ張る手が強くなった。愛莉を追いかけるようにミシェルもドアに近づいた。会長の方に向いた愛莉の前を塞ぐようにミシェルが立った。何か一言しゃべろうとしている愛莉を押さえてジュリアンが言った。

「愛莉さん、あなた、一時間の制限時間があるのでしょう？　向こうのホテルであなたを待っている人がいます。その人のところまであなたをお連れします。一緒に行きましょう」

ジュリアンは愛莉の背中に周り、もう一方の上腕をつかみ、廊下に押し出した。振り向きざまにミシェルの手首をつかんで引っ張り、部屋の外に出た。

「まて！　今、彼女と大事な話をしている途中だ」

会長が重厚な声で威圧してきた。それならばと、ジュリアンは会長たちにとって、ＲＴＰＡなどという言葉が耳慣れないであろうことを承知の上で使って煙に巻いた。

「あなたの話に時間制限はありますか？　彼女の用事には時間制限があります。愛莉さんはＲＴＰＡです。ＩＤＣＯが向こうのホテルで待っています。情報通りのところに愛莉さんがいるのを、ＩＤＣＯは指定時間内に確認しなければなりません。何人《なんぴと》たりとも邪魔はできません。そちらの用事は後にしてもらいましょう。よろしいですね？」

ジュリアンの声には有無を言わさぬ力があった。ジュリアンの中の「お調子者」は影を潜めてしまった。会長はそれ以上動けなかった。そして、愛莉に向き直って言った。

「時間がありません。早く向こうのホテルに帰りましょう」

ジュリアンは愛莉の腕を強く握って走りだした。アントニオは室内にいる人たちの動きを封じるように入り口に立ちはだかりながら、青いスーツの女性に向かって言った。

「この状況から判断するに、あなた、弁護士でしょう？　ならば、このような場で、こんな役回りを演ずるのではなく、事前にこういったことが起きるのを防ぐよう進言すべきなのではないでしょうか？」

なお追いかけようとする男たちを会長が押しとどめた。アントニオが部屋から出て、

ホテル従業員たちも引き上げた。エレベーターの中で愛莉は膝の力が抜けていくのを感じた。ジュリアンは麗羅に

「二人を解放」

と連絡した。

サボイアホテルのロビーのオルゴール時計が十八時を打った。「こよなく美しきドナウ」のメロディーが流れ出した。時計の置かれているオフホワイトの大理石の床が、愛莉のパンプスの踵に打ちつけられて、メトロノームのような音を立てている。「こよなく美しきドナウ」の伴奏をしている。

アントニオが、初めて息をするとでもいうような大きな息を一つついた。

「急ぎましょう」

ジュリアンがバイクに跨がった。アントニオは愛莉とミシェルをタクシーに押し込んだ。タクシーの中から見上げると、サボイアホテルの建物は大きく半円を描いている。その円のコンパスの針を立てる辺りに、大きな木が立っている。きらびやかな電飾に彩られ、クリスマス準備が整っている。てっぺんの大きな星の飾りがことさらに光っている。すでにホテルの各窓には灯りがともって、キラキラと輝いている。光は

愛莉の上に降り注ぎ、四人を包み込んだ。

愛莉たち四人はベルガモホテルに戻ってきた。十八時十三分。

「間に合った」

愛莉は声に出して言った。ホテルの正面玄関で麗羅とアンジーが待ち構えていた。愛莉は二人に抱きかかえられるようにして迎えられた。ジュリアンが

「お嬢さんを確かにお渡ししましたよ」

と言いながら、麗羅に向かって、ボウアンドスクレープ式の大げさなお辞儀をした。麗羅はこの男を不思議な生き物でも見るように見ていた。ただ自分たちの後ろに座っていただけの、見知らぬ人間が、自分たちの何気ない会話を聞いただけで外へと飛び出していき、数本の電話の後、見事に愛莉をここまで連れてきた。しかも、所定の時間に間に合うように戻ってきた。ならばもっと大いばりで帰ってくればいいものを、まるで道化師だ。ジュリアンは、愛莉が時間に間に合ったことをアンジーに確認した後、いつの間にか消えていた。

「確か、K&W社のことで愛莉さんに取材を申し込みたいということだったのに、どうなっているの？」

世の中には理解不能な人種がいるものだと麗羅が呟いた。

このホテルのロビーは先ほどのサボイアホテルに比べて、同じホテルという名前を使うのが憚られるほど、小さくて貧相だ。しかしながら、

「こちらの方がよほど気が楽。肩の力を抜くことができる」

「そうだね。落ち着く」

「やっと帰ってきたって感じ。毎回、日本の空港に降り立つと覚える安堵感」

と、誰からともなく声が漏れた。

愛莉の部屋に五人で入ると、スペースには全く余裕がなかった。肩と肩がぶつかり、会話の声すら耳元で聞こえる。それでも自由に空気が吸える。ベッドの目覚まし時計が十八時十九分を表示していた。麗羅はＩＴＡの指示がくる前に、競技会外検査が完了したことを送信した。

二度目の居場所情報提供違反になってしまったかと愛莉はひやりとしたが、何とか時間制限内なので、問題にはならないと麗羅に言われ、ほっとした。誰からともなく肩を抱き合い、手を握り、強くハグをし合った。今朝、このホテルをタクシーで出かけてから、どれほどの時間も経っていない。それでも愛莉にはその時間が永遠に思え

るぐらいに長かった。

「ああ、こんな冒険もう二度とごめんだわ。心臓が止まるかと思った」

やっとお互いの名前を確認し、自己紹介をする余裕ができた。

ホテルの中のレストランで軽い夕食をとった。麗羅がＲＴＰＡについてこんこんとミシェルに説明した。

「あなたが半井さんをこんな騒ぎに引っ張り出したために、半井さんはドーピング違反を問われることになりそうだった。それに今回は会長が普通の人だったからよかったようなものの、もしもたちの悪い人だったら、ドーピングがどうとかっていう話ではなく、命に関わることにもなりかねなかった。少し考えて下さい」

愛莉に向かっても説教が続いた。次第に涙声になってきた。

「あなたもあなたです。自分一人で解決しようとせず、もっと、周りの人たちを信頼して相談して下さい。あなたの周りの人たち、皆心配しています」

愛莉は麗羅たちが心から心配してくれていたことに感謝した。見ず知らずのこの人たちが、愛莉のことなど心配する必要も義務もないのに心配してくれたことに、感激した。

ミシェルお勧めのワインが一口、それにバジルのきいたピザ。怒濤のごとき一日の疲れからか、愛莉はそれ以上喉を通らなかった。

ミシェルがアントニオに疑問をぶつけた。

「さっき会長たちに、愛莉さんが、データ改ざんがあったとか、未必の故意の殺人に当たるとか言ったとき、あなた、麗央がブレーキを踏みまちがえるわけがないとか、兄に帰ってきて欲しいと切実に思うとか、適当な、いい加減な通訳をしましたよね。なぜですか」

「いやぁ、気づいていましたか？　今回の訴訟の弁護士から、データの改ざんやその他裁判に提出するかもしれないデータなどについては、数字はもちろん、それらをこちらが把握していることも絶対にしゃべってはならないと、記者会見の前に言われていました。後々、何かのときにカードとして使えるようなことについては、何も話すなと強く言われています。でも、愛莉さんが感情にまかせて話してしまいそうになりました。実際、少し日本語で話してしまいましたよね。でも、彼らには愛莉さんの日本語は分からなかったと思います。だから、彼らが聞き逃さなかったであろう『ブレーキ』という言葉だけを入れて、後は適当にごまかしました」

アントニオはとっさの判断で訴訟を守った。愛莉やミシェル、そのほかの原告団の人たちを守った。

「よくそんなことに気が回りましたね。素晴らしい」

ミシェルはアントニオの機転を称えた。

＊＊＊

夕食をとり、シャワーを済ませた後、何本かのメールが入っていることに気がついた。ライバルの何人かからだった。言葉は違ってもおおむね、

「お兄さんのことは分かるけど、今は競技に集中した方がよい」

という内容だった。愛莉が麗央の事件に関して、何か面倒に巻き込まれているらしいと、チーム半井以外の人たちも知って、心配してくれているらしかった。ライバルとは心強い仲間であり、温かな友人だとあらためて感じた。嬉しくて、涙があふれてきた。

家にも今日一日のことを報告した。

「話を聞いて、麗央を失った上に、あなたまでどうかなってしまったらと、心臓が潰れそうに思う」

と、母の嗚咽にも近い声が電話の向こうから漏れてきた。

その夜は泥のように眠り、翌日、当初予定の飛行機で合宿所へと戻った。空港までミシェルが見送りに来ていた。出発までの間、一緒に珈琲を飲み、レーズンたっぷりのババを食べた。やっとお菓子を味わう気になれた。

「麗央が好きだったローマ市内の遺跡の写真集」

と言いながら、本を一冊愛莉に渡した。麗央に遺跡趣味なんてあったかなと思いながら、受け取り、軽くハグを交わした。飛行機の中で、遺跡が好きなのはミシェルなのかもしれないと思いつつ、本を開いた。カラカラ広場のページから一枚のメモが出てきた。小学一年生のようなつたないひらがなだけの文字で（またあいたい）と書かれていた。

一度日本に帰り、日常を取り戻した。ナショナルトレーニングセンターへ行き、改善点を見つけ、トレーニングに励んだ。合宿地とトレーニングセンター、競技会会場を走り回る生活に戻った。例のブレーキの会社と取引のある日本の会社が、愛莉にトレーニングマシンの貸与をしているところとつながりがあり、どうも圧力がかかっているらしいということを愛莉に耳打ちした人がいる。真実の程は分からない。

「腐っている。それにしても、私なんかに何でそこまで妨害してくるのか。K&W社にとって、私って、そこまで怖いのかしら」

ミシェルからメールが入った。

「あの日、サボイアホテルのあの部屋でフリーの記者が写真を撮っていたのを覚えていますか？　彼は本物のフリーの記者で、大手の週刊誌に写真と記事を持ち込んだらしい。それが本になって、販売されている。トップ扱いだ。写真を送る」

週刊誌の写真と記事内容の写真が数枚添付されていた。記事の内容は分からないが、写真はあの日のあの場所の写真に違いない。あの記者が書いたスクープだ。

「内容は、あの日、K&W社の車によって事故に遭い死亡した人たちの遺族や、怪我をした人たちが訴訟を起こすという記者会見をした直後に、K&W社やその他の会社の幹部により、私と愛莉さんが会長たちのところへ連れて行かれ、訴訟の取り下げを迫られた。しかし、この企ては未遂に終わった。幸運な偶然がなければ、ごくわずかな金額で訴訟の取り下げが行われ、場合によっては、車に不備を残したまま改良されることなく、販売され続けるという、最悪の事態になったかもしれない、というものだ」

と記事の中身についても、ミシェルが内容を要約してメールしてきた。

「幸運な偶然って、武蔵さんとアンジーさんのことよね？　ジュリアンさんが武蔵さんたちの話を立ち聞きしたということでしょ。武蔵さんたちの名前は書かれていないのですか？」

「私と愛莉さんのことについては名前も肩書きも書かれているが、武蔵さんたちについては、具体的な名前などは何も書かれていない。ただ幸運な偶然が起きたというだけだ」

ミシェルの話を聞き、愛莉は名前が公になって麗羅やアンジーに迷惑が掛かることがないと分かってほっとする反面、あの二人とジュリアンは自分にとってある種のヒーローであるのに、一言も二人の名前が書かれていないことに申し訳なさを感じた。あの二人がいなければ今頃自分たちはどうなっていたのだろうか？　訴訟はどうなっていたのだろうか？　そのことを考えると、一言、入っていてもよかったのではと、残念な気にもなってくる。

「この記事は大きな反響を呼び、K&W社の車の買い控えが起きている。問題のブレーキは超高級車にしか使われていないが、一般の人には、それがどの車種に該当するのか分からない。だから、どの車種も全て売り上げが落ち始めている。もちろん、現在のところ、売り上げ見通しに大きく響いてくるというほどではないが、このままだと会社全体のイメージダウンにもなりかねない状況だ。会社にとって、ある意味、目の前の売り上げ実績よりイメージというつかみどころのないものの方が大事だ。あそこの車は、事故を起こしやすいと思われたら、なかなかイメージは回復せず、売り上げも伸びない。一度損なわれたイメージを回復するには、相当の長期戦になる」

実際には、インターネット上には今回のデータ改ざんによる一連の事故とは全く関係のない追突事故などについても、「K&W社の車で事故を起こしたが、私も被害者だったのだ」という書き込みが多数見られるようになり、イタリアではネット炎上が起きているらしい。

愛莉は新たな取り組みとして、日本にいる間は、できるだけ時間を作って、スポーツ栄養士やスポーツファーマシストのところに足を運ぼうと思った。これまではスポーツの公平性を守るために、ドーピング違反を取り締まっているのだとばかり思っていた。しかし、突然死をしたフローレンス・ジョイナーにはドーピング違反の疑惑が絶えないことや、女性であったはずなのに、男性になってしまった旧東ドイツの砲丸投げの選手、クリーガーの話などを聞くにつれ、選手自身の人生を守るためにも必要な取り組みなのだと思えてきた。スポーツ栄養士のところに行って、栄養指導を頼んだ。運動生理学に則った栄養の取り方について本腰を入れて学ぶことにした。今まで、筋肉をつけるためのタンパク質を取ればいいと思っていたが、アミノ酸のバランスが大事だと教えられた。骨になるカルシウム、血になる鉄の摂取も、今までは食べてさえいれば問題がないと思っていたが、食べるタイミングが非常に大事で、また一緒に食べるものによって、吸収率や、体内の利用率が大きく異なってくることなどを教えられた。限られた食事量で、必要にして十分な栄養をとるということの大事さを肝に銘じた。スポーツ栄養士からケニアのマラソンランナーが四二・一九五キロメートルを一時間五十九分台で走ったが、彼の糖質の取り方が非常に独特だったという話を聞いた。これからはマラソンのような長時間にわたるスポーツや、愛莉のしている水泳のように、競技自体は短時間でも、練習などが長時間にわたる場合、あるいは一日に二回、三回とレースが行われる場合などの糖質のとり方についても、何か新しい見解が出てくるかもしれないと聞かされた。

同じ食事をとるのなら、美味しく食べた方がいいに決まっている。できるだけ自分で調理しようと決心した。栄養士に調理についても教えてもらった。調理は専門外だと言いながらも、いろいろなことを教えてもらえた。同じ食材でも調理方法によって栄養素の生体利用率が全く違うので、そこのところをうまく考えながら料理をしましょうと教えられた。指先に小さな傷を繰り返し作りながらも、包丁と格闘することになった。小麦粉とパン粉、塩と砂糖、今まで何気なく見ていたのだが、意識して見るようになった。食事の中の季節感というのが面白いと思えてきた。日本にも京都のように日々の食事が細かく慣習化されたところがある。スイスにも同じようなところがあったらしい。興味をそそられた。

スイスの合宿所近くに美味しいパン屋がある。昔はパンにマーマレードを塗って食べるのが大好きだった。しかし、柑橘類の皮にはドーピング違反物質が入っている可能性があるから食べるのを避けたい。イチゴジャムやリンゴジャムばかりではすぐ飽きてくる。今のうちに、人参ジャムやレバーペーストの作り方を習って、トライしてみようと思った。

食事のとり方を勉強しようとすると、車がなければ不便だ。ナショナルトレーニングセンター近くの教習所で、遅ればせながら免許を取ることにした。麗央が車に没入していた気持ちが少しは理解できるかも分からない。

ナショナルトレーニングセンターでスポーツファーマシストのところに通って、サプリメントとドーピングの関係について指導を受けた。精査できていないサプリメントを使用するのはやはり危険なようだ。のど飴や動物性生薬を含むドリンク剤にも違反物質が含まれていて使用できないものがある。一方で薬品の中にもヨーロッパの使用量ではドーピング違反になり、日本の用量では大丈夫なものがある。日本で使って大丈夫と言われても同じ薬だと思って海外で受診して使うと、ドーピング違反を問われかねない。競技会時には使えないが競技会以外では使ってもかまわない薬もあるが、「競技会時」の解釈がロンドンオリンピックのときのように時々、変更になっていることもあるので注意する必要がある。それとは関係なく、最低一年に一回以上は禁止表（国際基準と呼ばれる違反物質のリスト）の見直しが行われるので、常に新しい情報に目を光らせておいて欲しいと教えられた。一方で、女性はもともと貧血になりやすく、その上スポーツをすれば、さらに貧血になりやすくなる。そこで、スポーツ貧血の改善方法についても指導してもらった。あらためて居場所情報提供についても確認した。表面上は、日常を取り戻していた。

少しイタリア語を勉強しなければと思った。あの記者会見の日、記者会見場ではアントニオがそばにいて、一つ一つ通訳してくれたのだが、これから先、長引く裁判の資料や裁判所での会話、記録などを全て日本語に直してもらえるという保証はない。少しは知っている方が便利だろう。ミシェルからも時々メールや電話が入る。教えてくれる人がいる。

車のことも知っておいた方がいいだろう。車に関する裁判を乗り切るには、自分はあまりにも車のことを知らなさすぎる。

ある日、一日のトレーニングメニューを終え、合宿所に帰ってきたときに、母からインターネットを見なさいと電話が入った。K＆W社の三車種がリコールになったという発表が出ていた。記者団のリコール隠しではなかったのかとの質問に、K＆W社の幹部は「我々は被害者だ」と答えていた。ブレーキのデータについては、知っていたとも知らなかったとも言わず、話をはぐらかしていた。被害者への対応はどうするのかという質問にも、これから弁護士と相談するとしか言っていない。あの週刊誌が発端になって巻き起こったネット炎上のおかげだろうと愛莉は推測した。一つの大きな区切りになった。胸の奥に突き刺さったとげが一つ取れた。

兄の顔は笑顔のときのものを思い出すことにしよう。全く異なる世界に生き、互いの不足を補い合ってきた兄、愛莉が困った顔をすると、それとなく助けてくれた兄、いつも、前に向き、夢を追いかけていた麗央を、大事に胸の奥にしまった。

イタリアの生地メーカーから、なぜか水着の生地の納品が再開された。愛莉仕様の水着も制作できるようになった。今まで通りの水着が使えるようになった。一方で、チーム半井に対するトレーニングマシンの貸し出しも再開になった。生地が入荷しなかった理由も、トレーニングマシンの貸与がなくなったわけも、それらが、今再開になった理由も、スッキリとした説明は何もなかったが、愛莉はもうよしとすることにした。とにかく、リコールに持ち込み、データ改ざんによる事故を未然に防ぐことに成功した。まだ事故の被害者に対する保障の問題が残るが、今からは目の前のことを見て、すべきことをしていく。今まで迷っていたが、大学院に残り、運動生理学を学ぶことを決めた。肝が据わった。

車のことをいろいろ調べているうちに、車にとってダウンフォースがいかに大切か分かった。愛莉は車の先端部分は空気によって持ち上げられた状態の方が、摩擦が少なく、スピードも上がり、燃費も良くなるのではと思っていたが、実際には上から地面に押さえつける力の方が大切で、これがある程度大きい方が、走行が安定する。車体を上から押さえつける力が大きいと、タイヤが地面をつかむ力が大きくなる。そうすると、車体も安定するし、ブレーキの効き方も良い。一方で車の周りで小さな空気の渦ができることがある。これらは陰圧になって、車のスピードや燃費に大きく関係してくる。車のアンテナが後部にフィンのような形で付いているのは、空気の渦ができるのを避けて、流れを良くするためだ。空気は小さな力の元では、ニュートン流動と呼ばれる、加える力と変化が正比例をする流体だが、力が大きくなると非ニュートン流動と呼ばれる、正比例ではない流動を示すようになる。新幹線の車両の形がそれに対応する典型的な状態だが、車にもこのことを応用した技術が使われている。

愛莉は待てよ、と思った。

「確か水も弱い力のもとではニュートン流動だ。強い力のもとでは非ニュートン流動になるんじゃないかな」

コーチに尋ねたところやはりそうだった。これを意識して泳ぐと、ある程度、体力の消耗が防げる泳ぎができるのではないかと思った。意外なところで麗央の世界とのつながりができて、兄がそばにいるような感覚になった。

もうすぐ麗央の一周忌になる。水泳のタイムがまた伸び出し、良い報告ができそうだ。K&W社の車の改修も順調に進んでいるように聞いている。死者や怪我人への補償交渉はまだまだ先が見えない。

「交渉は原告団全員でしているのだから、他の原告の人たちのためにも、もっと法律を勉強して、しっかりと闘わなければいけないのよ。麗央の名誉のためにも、他の人たちのためにも、お父さんもお母さんもシャキッとしてね。泣いている暇なんてないの」

愛莉は麗央の事故以来、気力の衰えた両親にそう言って鼓舞した。

このところ、考えなしに突発的な行動を取ることが多かったが、自分が二十四時間、三百六十五日、世界アンチ・ドーピング機構に居場所の情報提供をしなければならないRTPAであることに、もっと自覚と誇りを持たなければならない、トップアスリートの証なのだから。そうしなければ、ファンにも、ライバルにも申し訳ない。何より両親の娘として、兄の妹として、そうすべきだと愛莉は改めて思った。

この物語はフィクションです。登場する人物・団体・名称等は架空であり、実在のものとは関係ありません。

〈著者紹介〉

萬野行子（まんの ゆきこ）

1954年徳島県生れ。名城大学薬学部薬学科卒業。

薬剤師、公認スポーツファーマシスト。

徳島県薬剤師会会誌編集委員長、小松島文芸同人誌「まつかぜ」編集長を経て、現在、小松島文芸協会会長、こまつしま短歌大賞実行委員会委員、徳島ペンクラブ会員。

厚生労働大臣表彰（薬事衛生）小松島市社会福祉協議会会長表彰、小松島市教育文化功労者表彰その他

シュヴァルツ・ヴァルト

2023年8月31日　第1刷発行

著　者　　萬野行子
発行人　　久保田貴幸

発行元　　株式会社 幻冬舎メディアコンサルティング
〒151-0051　東京都渋谷区千駄ヶ谷4-9-7
電話　03-5411-6440（編集）

発売元　　株式会社 幻冬舎
〒151-0051　東京都渋谷区千駄ヶ谷4-9-7
電話　03-5411-6222（営業）

印刷・製本　中央精版印刷株式会社
装　丁　　弓田和則

検印廃止

Printed in Japan
ISBN 978-4-344-94590-6 C0095
幻冬舎メディアコンサルティングＨＰ
https://www.gentosha-mc.com/